おとぎのかけら

新釈西洋童話集

千早　茜

集英社文庫

おとぎのかけら

新釈西洋童話集

目次

本文デザイン／山本かをる
（テラエンジン）

おとぎのかけら

新釈西洋童話集

迷子のきまり

ヘンゼルとグレーテル

お母さんに置いていかれるのは、はじめてじゃない。

最初は怖くて目が回りそうだったけれど、もうすっかり慣れてしまった。迷子になることよりも、後でお母さんにひっぱたかれることの方が怖い。迷子になると、トイレにひっぱっていかれて口を押さえられ、何回も叩《たた》かれる。じんじんとほっぺたが熱くなっていく。「どうして、いつもちゃんとついてこないのよ」と、お母さんは言うけれど、そんなの無理だ。お母さんはデパートに入ると、目がとろんとする。もうなんにも見えてない。それなのに、細いかかとの靴でびっくりするくらい速く歩いて、人ごみに消えてしまう。それか、何度もカーテンの小部屋にでたり入ったりして着替えて、いつの間にかいなくなっている。

けど、お兄ちゃんはちゃんとついていっている。そして、後であたしを探しに来てくれる。うまくお母さんに追いつけばセーフだ。

お兄ちゃんは広いデパートの中でも迷子にならない。目印を覚えて歩いているからだって言うけれど、あたしはお母さんのカツンカツンという靴の音を聞いただけで頭がぐちゃぐちゃになってしまう。白い光とたくさんの色がちかちかして、まわりの大人の人たちがゆらゆら伸びあがって通せんぼするみたいに感じる。床はつるつるとすべる。あせって、あせって、胸がどきどきして、息が苦しくなって、しまいにはお腹《なか》も痛くなって、気がついたらひとりぼっちで、大きなデパートの中に閉じ込められている。同じところをぐるぐる回って、もう駄目だ、と思った瞬間にあたしはあたしじゃなくなって、ぽかんと立ちつくす。

お兄ちゃんが走ってきて、あたしの名前を呼ぶまで。

でも、今回は違った。あたしはあたしのままで、エレベーターの横の椅子《いす》に座り込んだ。もう駄目だ、じゃなくて、もう嫌だ、と思った。

座ったら息がしやすくなって、よくまわりが見えた。自動販売機の隣のテーブルに飲みかけのジュースの缶が置いてある。誰も見ていなかったので、取って飲んだ。ぶどう味の炭酸だった。ぬるかったけれど、甘くておいしかった。

飲み終わってゴミ箱に缶を捨てていたら、お兄ちゃんがやってきた。

「何してるの？」

いつもと様子が違うと気づいたのだろう、困った顔であたしの手をひいた。

「いくよ」

あたしは首をふった。「そういうわけにはいかないよ」とお兄ちゃんは泣きそうな顔をした。あたしはお兄ちゃんの手をひっぱっていって、椅子にまた座る。

「もう家に帰りたくない。どうして帰らなきゃいけないの？」

「どうしてって、家以外に帰る場所なんてないじゃないか。ぼくらはまだ子どもなんだから」

「でも、家に帰ったらお母さんがいる。お母さんなんて、お酒飲んで寝てるか、あたしたちを怒るかしかしないじゃない。あたし、もう叩かれたくない」

お兄ちゃんは少し黙った。それから、目をそらしながら小さな声で言った。

「あのね、今日はお母さんはおとなしいと思うよ。いつも飲むお酒の瓶にね、ぼく、薬を溶かしてきたんだ。ほら、飲むとお母さんが穏やかになるあのピンク色の薬。ぼく、少しずつ盗んでためてたんだ。だって、今日は花火大会だろう？　昨日みたいに押入れに閉じ込められちゃ見に行けないから」

お兄ちゃんはさすがだ。あたしはちょっと嬉《うれ》しくなった。

去年、お父さんがいた頃、連れていってくれた花火。あの時ははじめてだったから、大きな音にびっくりしてちゃんと見られなかった。わたあめやチョコバナナやりんごアメも食べられなかった。今年こそ、ちゃんと楽しみたかった。でも。あたしは足をぶらさせながら言った。

「でも、お母さんがおとなしくなるのは家に帰ってからでしょう？　あたし、はぐれちゃったから、またトイレに連れていかれて叩かれる。もう叩かれたくないの」

「ぼくだって、もう叩かれたくない」

そう言うと、お兄ちゃんは長い間黙った。お兄ちゃんは考えごとをしている時に話しかけられるのが嫌いなので、あたしはおとなしくしていた。また誰かがジュースを残していかないかテーブルを見ていたら、丸々としたおばさんが近寄ってきた。

「あら、あなたたち、お母さんとはぐれちゃったの？」

あたしはびっくりして言葉がひっこんでしまった。すると、お兄ちゃんがすっくと立ちあがって言った。

「いいえ、違います。ここで待ち合わせしているんです。大丈夫です」

おばさんは「そうなの、ごめんなさいね」と笑うと、いがいがする香水のにおいを残して行ってしまった。お兄ちゃんは、まっすぐ前を向きながら早口で言った。

「きっと、お母さんはぼくらを探さない。前だって、ぼくらを駅に置きざりにして家に帰ってしまったし。夕方になってお酒が飲みたくなったら、一人で家に帰ってしまうよ。誰かに迷子だって伝えなきゃ、迷子だってことにはならない。迷子になっていないぼくらをお母さんはわざわざ迎えにきたりしない」

「そうね、いつも放送がかかるから迎えにくるんだもんね」

そして、お母さんに恥をかかせたから叩かれる。「いっそ、消えてくれたらいいのに」といつもぶつぶつ言っていたのを思いだした。

「ぼくらは花火を見て、お母さんが寝ちゃった頃に帰ろう。そしたら、叩かれないさ」

起きてから叩かれるんじゃないかと思ったけれど、これ以上言ったらお兄ちゃんも困ってしまうだろう。

「とりあえず、ここをでよう」

お兄ちゃんはさっきのおばさんが見えなくなると、あたしの前に手を差しだした。

あたしたちは手をつないで、デパートをでた。


街中は暑くて、騒がしかった。夏休みだから、あたしたちと同じくらいの子どもがたくさんいる。お母さんと手をつないで、笑いながら歩いている。

あたしはお母さんに手をつないでもらったことがない。エスカレーターに乗ると、お子様と手をつなぎましょうというアナウンスが流れる。一度、機嫌の良さそうな時をねらってお母さんにお願いしてみたことがある。お母さんは眉間《みけん》に皺《しわ》をよせて答えた。

「あのね、あんたたちはね、あたしの子どもじゃないの。お荷物なの」

お荷物って何と聞くと、「ああ、もう」と長い髪をかきあげながら言った。

「要するに、あんたたちがいなければ楽ってこと。再婚だってできるし、好きなこともできる、こうしてくだらないこと聞かれなくても済むの。わかった？」

あたしはうなずいた。本当はわからなかったけど、お母さんの「わかった？」がでた時はもう黙らなくてはいけなかったから。

たくさんの人に押されてはぐれてしまわないように、お兄ちゃんはずっと手をつないでくれている。お母さんがいなくても、あたしにはお兄ちゃんがいる。あたしは誰かに自慢したい気分だった。なのに、お兄ちゃんはずっと黙ったままだった。信号待ちをしている時にそっと見ると、耳の横を透明の汗がつたっていた。手もどちらのものかわからない汗でぬるぬるとする。

「警察やおせっかいな人に見つからないように、ひと気のないところに行こう」

そう言ったきり、怖い顔をしてずっと歩き続けている。

お兄ちゃんが連れていってくれた場所は大きな公園だった。すごく昔、お父さんと来たことがあるような気がした。確かあの時、お兄ちゃんとお父さんはキャッチボールをしていた。あたしもしたかったけれど、お前には無理だよと言われて悔しい思いをした。あの頃はよくお兄ちゃんと小さなケンカをした。でも、お父さんがいなくなってからは一度もケンカをしていない。

公園の奥にある森みたいなところでお兄ちゃんは立ち止まった。水飲み場で長い間水を飲んで、ざらざらしたベンチに座った。あたしも水を飲んで、その隣に座る。

蟬《せみ》の声がいっぱいだ。うるさかったけど、街の中よりは涼しかった。

お兄ちゃんはまた水を飲んだ。お腹がすいているのだろう、あたしもぺこぺこで吐き気がする。

昨日の晩は男の人が来たから、あたしたちは押入れに閉じ込められた。男の人が来ると、お母さんはとろんとした目をして、ひっきりなしに笑う。そのうち、二人は服を脱いでくっついたりする。男の人が押さえつけると、お母さんは悲鳴をあげる。けれど、その顔は笑っている。大人はご飯を食べるより、あんなことが楽しいのだろうか。お兄ちゃんに聞くと、怒ったような顔をして押入れの隙間《すきま》をぴったりと閉じて寝てしまう。

夏の押入れは炊飯器の中みたい。お母さんの叫び声もうるさくて、あたしはなかなか眠れなかった。公園のベンチは風が抜けて気持ちがいい。おでこの汗がすうすうとひいて、あたしはとろとろと眠くなっていく。ふいにお兄ちゃんが言った。

「もしかしたら、お母さんはもう起きないかもしれないよ。あの薬飲むと、お母さん長く寝ちゃうじゃない。ぼくさ、たくさん薬いれちゃったんだ。心の底で二度と起きてこなきゃいいと思ったんだよ。きっと、ぼくももう嫌になっちゃったんだ」

お兄ちゃんは手を伸ばして、葉っぱをちぎる。頭の上で枝ががさがさとゆれて、ベンチや膝《ひざ》の上で黄色い光が動いた。

「そうなったら、優香《ゆうか》はぼくを嫌いになる？」

あたしは何回も首を大きく横にふった。お兄ちゃんはちょっと笑った。でも、少し心配になってきた。

「でも、そんなことしていいのかな？　お兄ちゃん警察に捕まっちゃわない？」

「だいじょうぶだよ、ぼくたちはまだ子どもだから。それに、ぼくらの体の傷を見せれば誰もぼくらを責めないよ。あのね、子どもにひどいことしようとする奴《やつ》は殺しちゃっても罪にならないんだよ」

「本当に？」

「うん、せいとうぼうえいっていうんだよ」

お兄ちゃんの言うことが間違っていたことはない。あたしは安心した。そしたら、もっとお腹がすいてきたので、あたしはまた水を飲んだ。お兄ちゃんも飲んだ。拳《こぶし》で口を拭《ぬぐ》うと、お兄ちゃんは弱々しい声で言った。

「どうして、家に帰らなきゃいけないのかわかったよ」

「何？」

「お腹がすくからだよ」

その時、ベンチの後ろからかん高い声が聞こえてきた。一瞬、ハトかスズメがしめ殺されているのかと思ったけど、笑い声のようだった。赤い爪がベンチの背をつかんで、女の人がぬうっと立ちあがった。金色の髪をした細い人だった。短いキラキラしたスカートをはいている。お母さんもよく短いスカートをはくけど、それよりずっと短かった。

お兄ちゃんがあたしの手をひいて逃げようとした。女の人はにっと笑うと「待って、

待って、警察に言ったりしないから」とざらざらした声で言った。

「ねえ、ほら、ガムあげるよ」

あたしはガムにつられて手を伸ばしてしまった。女の人はあたしの手に銀色の包み紙をのせると、ベンチに座って煙草《たばこ》に火をつけた。

「さっきからずっと聞いてたんだけど、あんたたち面白いね。母親殺して、家出してんの？」

「殺してません、お酒の瓶に薬をいれただけです。ぼくらはお母さんに寝ていて欲しいだけなんです。でも、家出はしているので、警察には言わないでくれると助かります」

女の人はふうっと煙を吐いた。女の人のくれたガムは苦くて、舌がぴりぴりした。

「いいよ、黙っててあげる。私も家出してたし、親なんて殺してやりたいって思ったこと何回もあったし、よくわかるよ。あ、ガムまずかったらだしちゃいな」

あたしは銀紙にガムをだした。なまあったかくて緑色をしていた。お兄ちゃんはじっと女の人を見つめている。女の人は何回か煙を吐きだすと、煙草を地面に捨てた。立ちあがる。

「さて、じゃあ行くか」

「どこにですか？」

「お腹減ってるんだろう？　飯食わせてやるよ」

お兄ちゃんの横顔を見た。お兄ちゃんは怖い顔のままで「どうしてですか?」と言った。

「気まぐれだよ。あんたたちみたいながりがりのやせっぽち見たらかわいそうで、放っておけないんだよ」

「でも、お姉さんもやせてるよ」

あたしがそう言うと、女の人は声をあげて笑った。笑い声は近くで聞くと、かすれた笛に似ていた。ひゅうひゅうと笑うたび、細い体が欠けていくみたいだった。

金髪の女の人はあたしたちをファミレスに連れていってくれて、何でも好きなものを食べていいよと言った。あたしはグラタン、お兄ちゃんはハンバーグ、それにチョコレートパフェやジュースも頼んでくれた。女の人はコーヒーだけで、ずっと煙草を吸っていた。お母さんみたいだなとちょっと思った。

「あんまり急いで食べたらお腹痛くなるよ」

あたしが夢中になって食べていると、女の人が笑った。それで、あたしは女の人をちらちら見ながら食べた。

お母さんよりキラキラしたほとんど裸みたいな服を着ているけど、化粧はあまりしていなかった。眉毛《まゆげ》がないから怖く見えるけど、お母さんみたいにおでこに皺はよっていない。いろんな飾りがじゃらじゃらとついた腕は傷だらけだった。傷は青黒かったり赤かったりしていて模様みたいだった。

「お姉さんも傷だらけだね」

「も？」

あたしはTシャツをめくってお腹を見せた。お兄ちゃんが慌ててひっぱりおろす。女の人は「へえ」と煙を吐いた。

「でも、それは自分でやってるんじゃないんだろう？」

「うん。お母さんがするの。お姉さんは誰にされたの？」

「私は自分でやってるの。さっきもね、あのベンチの後ろでやりかけてたんだけどね」

女の人は金やビーズの腕輪をずらして、「ほら」と手首を見せてきた。まだ明るい色の赤い血が線になっている。血を見ると、はっとして胸がどきどきする。痛いんだけど、血はつやつやして赤くてとてもきれい。すぐ黒や茶色に固まって、まわりの皮膚も汚い色になってしまうけど。

「どうしてですか？」

お兄ちゃんが聞く。

「どうしてって。ちょっと死にたいなって思ったから」

女の人が腕を伸ばしてお兄ちゃんの袖をまくり肩をむきだしにした。煙草を押しつけられて溶けたつるつるの皮膚を、赤い爪で押さえる。お兄ちゃんは諦《あきら》めたのか、とろんとした目をしてじっとしている。お兄ちゃんは体をつかまれるとそうなってしまう。あたしはそんなお兄ちゃんを見ると、つい目をそらしてしまう。

「あんたたち、そんな目にあってて死にたくなったりしないの？」

「はい」

「どうして？　楽になりたくないの？　嫌になったりしないの？」

「叩かれるのが嫌になったから家出してきました。けど、死ぬことを考えたことはありません。だって、きっとそれは痛みの先にあるんですよね。ぼくらは痛みから逃げたいんです。向かうところじゃない」

「あんたも？」

女の人があたしを見た。あたしはチョコのアイスと生クリームにうっとりしていたが、慌てて大きくうなずいた。むずかしいことはよくわからないけど、お兄ちゃんの行くところがあたしの行くところ。

「そうか、あんたたちはまだ子どもだから知らないんだね。死っていうものも、死に方も、逃げ続けることなんてできないってことも。死ぬことを選べないなんて、かわいそうだね」

爪を嚙《か》みながら女の人がもっとかすれた声で言った。お兄ちゃんはフォークを置いた。

「あの、ぼくたちお金が欲しいんです。お腹が減っても家に帰らなくていいように。何かぼくらにできること知りませんか？」

「生きるために何でもするってこと？」

「はい、お姉さんの言うとおり、死ねないなら生きるしかありませんから」

女の人はふんと鼻をならして、音をたててコーヒーをすすった。目が合ったので笑うと、大きな口をぎゅっと伸ばして笑い返してくれた。そして、かくかくと細い顎《あご》をゆらしながら目を細めた。天井を透かして空を見ようとしているみたいだった。あたしはデパートのマネキン人形を思いだした。

暗くなるまでファミレスにいた。あたしとお兄ちゃんはお腹がいっぱいになると眠ってしまった。お兄ちゃんはテーブルにつっぷして、あたしはお兄ちゃんの太股《ふともも》に頭をのせて眠った。いつもおでこから汗がつたって、お兄ちゃんの太股をぬらしてしまう。でも、怒られたことはないから安心だ。

その間、金髪の女の人はずっとケータイをいじっていた。たまに外にでて、電話をしているみたいだった。一回ピカッと光があたって、しゃらんという機械の音がした気がする。

目が覚めるとテーブルの上はきれいになっていて、女の人は相変わらず煙草を吸っていた。お兄ちゃんはまだ眠っているみたいだった。

「ねえ、あんたセックスって知ってる?」

横を向いて煙を吐きだしながら女の人が言った。あたしは白い煙が消えていくのを眺めながら首を横にふった。煙ってどこに行ってしまうんだろう。

「服を脱いで、ちょっと痛いのとかくすぐったいのとか我慢するだけなんだけど」

「あ、それなら見たことあるかも」

「見たことがある」

「うん、何回もあるよ。お兄ちゃんは嫌いみたいだけど」

女の人はおいでおいでをした。あたしは頭を近づけた。赤い爪にはぴかぴかした小さな石がくっついている。女の人があたしの耳元でひそひそと言う。煙草のにおいがむっとした。

「お兄ちゃんのためにそれできる? じっとしていたらいいだけだから。たくさんお金もらえるよ、なんでも好きなもの食べられるよ」

「たくさん?」

「そう、たくさん。家に帰らなくてもいいくらい。お兄ちゃんもすごく喜ぶよ」

そういえば、お兄ちゃんの笑い顔をずっと見ていない。あたしは女の人を見た。

「うん、わかった。我慢する」

「いい子だね。でも、セックスのことはお兄ちゃんには内緒だよ」

うなずくと、女の人はあたしの頭をなでた。目の前で腕輪がじゃらじゃらとゆれた。じっと見ていると、「お守りだよ」と赤いビーズの腕輪をくれた。嬉しくて大きな声がでてしまう。あたしの声でお兄ちゃんが顔をあげた。眩《まぶ》しそうな目をして、ぼんやりしている。

「あんた、ここで待ってな」

お兄ちゃんはぽかんとした顔で女の人を見上げた。

「この子がね、仕事してくれるって言うから、これから連れていってくるよ」

お兄ちゃんがびっくりした顔であたしを見た。あたしは腕のキラキラをみせびらかして笑った。女の人が立ちあがってあたしの手を取る。

「何の仕事ですか？　ぼくも行きます」

弾かれたようにお兄ちゃんが立ちあがった。女の人がしゃがれた声で笑った。あたしの手を強く握る。

「多分、あんたは中に入れてもらえないよ。たいした仕事じゃないし、そんなに長くはかからない。ここにいなよ」

「すぐ終わるなら、外で待っています。それにこんなところに子どもが一人でいたら変に思われます」

女の人はお店の中をぐるっと見回して、「それもそうか」と呟《つぶや》くとサンダルを鳴らして出口に向かった。お兄ちゃんが追いかけてきて、あたしの空いた方の手を握った。

地下鉄に乗って着いた駅をでると、赤い提灯《ちょうちん》のついた屋台が並んでいた。道には車がいなくて、浴衣《ゆかた》を着た人たちがのびのびと歩いている。

去年はあたしもピンクの浴衣を着せてもらった。赤い帯がお尻の上でひらひらとゆれて、あたしは金魚になった気分で走り回った。あの時のように何もかもが優しく光っていた。

あたしはキラキラ光るピンクのわたあめに見とれた。去年、買って欲しいと泣いた。「どうせ食べきれないし、ベタベタ汚すでしょ」と、お母さんに汚す前から叱られた。でも、あたしもお兄ちゃんもあの雲みたいにふわふわしているわたあめが欲しかった。あの頃はもうすでに家の中はくすんでいて、毎日お母さんとお父さんのケンカする声で空気がびりびりとしていた。まるでガラスに小さなひびが入っていくみたいに。もうすぐ、ぱあんと音をたてて粉々になってしまう気がしていた。

わたあめは優しい色であったかそうで、お祭りのぼんやりした光の中で輝いていた。きっとあれが家にあったなら、壊れそうなあたしたちをふんわり包んでくれそうな気がしたのだけど、買ってもらえなかった。「来年、こっそり買ってあげるよ」と、お父さんが困った顔であたしの頭をなでた。そういえば、最近のお兄ちゃんはお父さんにそっくりだ。

お醤油《しょうゆ》の焦げたにおいが流れてくる屋台の陰で、女の人は電話をかけていた。「仕方ないだろう」とか「まあ、そっちでうまくごまかしてよ、相手は子どもなんだから」とか、早口で話している。お兄ちゃんはそれを少し離れたところからじっと眺めていた。

女の人がケータイをしまうのを待って、あたしはわたあめが欲しいと言った。女の人は「後でね」と言いながら、あたしの手をひいた。後で何でも好きなだけ買ってあげるよと約束してくれた。

けれど、あたしは知っている。大人が笑いながら妙に優しいことを言う時はたいてい「後で」は、ない。あたしはだんだん胸が苦しくなってきた。女の人のサンダルの太いかかとが大きな音をたてるたび、あたしを包んでいたものが壊れていくみたいだった。

大通りを抜けて、細くて暗い道に入ると大きなマンションがあった。女の人はつかつかと入っていく。壁に何か言うと、透明な扉がひらいた。エレベーターに乗る。着いた先は長い長い廊下だった。白くてつるつるしてきれいなのだけど、同じドアが並んでいるだけで何にもない。

ひとつのドアの前で女の人は立ち止まって、ボタンを押す。ほんの少しだけ、ドアがひらいて低い声が聞こえてきた。

「本当に二人とも連れてきたのか。女の子だけがいいんだが」

「ついてくるってきかないんだよ。まあ、他の部屋でまたせとけばいいだろう。ほら、あんた行きな」

あたしは背中を押されて、ドアの隙間に押し込められた。お兄ちゃんも影のようにドアをすり抜けてくる。

広い玄関だった。あたしたちの部屋くらいある。あたしの頭の上で大きな男の人が女の人に何枚もお金を渡していた。女の人は肩にさげたバッグにお金をしまうと、あたしに「後で迎えにくるからね」と笑いかけた。その笑顔を押しだすように、音をたててドアが閉められた。あたしたちの体が飛びあがった。鍵《かぎ》の音が広い玄関にがちゃりと響いた。


男の人がゆっくりとふり返った。突きでた丸いお腹がゆれる。あたしたちを見て目を細めて笑うと、「こっちにおいで」と廊下を進んでいく。

明かりのもれる扉の中は、体育館みたいに広くて天井の高い部屋だった。冷たい良いにおいの空気が流れている。うちは狭くて、お母さんの服や健康器具や化粧品やお酒の瓶がごちゃごちゃ床に転がっていて、銭湯みたいにじめじめしているけど、ここよりはほっとする。こんなに物がないと頭の中までからっぽになってしまいそう。

あたしはお兄ちゃんの手をぎゅっと握った。男の人はてかてか黒く光るソファにあたしたちを座らせると、台所から白い大きな箱を抱えてきた。アニメのようにおおげさな身振りで蓋《ふた》を取る。

真っ白な二段ケーキだった。テレビで見た結婚式みたいな。赤いイチゴがぴかぴかと光っている。

「好きに食べていいんだよ。君たちのものだから。ほら、チョコレートもあるよ」

そう言うと、男の人はピンクの箱も持ってきた。中にはチョコレートでできたウサギが入っていた。キラキラした包み紙のお菓子も次々に運んでくる。

あたしはお城のようなケーキにそっと手を伸ばした。雪でできているみたいにつんとすましている。白い柔らかなクリームに指がずぶりとめり込んで、ふわふわとしたスポンジにぶつかる。力を込めると大きなケーキは少しゆれて簡単にちぎり取れた。あたたまったクリームが甘いにおいをたてながら指の間をぬるりとつたった。

男の人はにこにこしながら黙って見ている。こんな立派なケーキを手づかみで食べるなんて、お母さんなら絶対に許してくれない。

お兄ちゃんもぽかんとした顔で指をずぶずぶとケーキに突き刺していた。けど、その目はもうあたしを見ていなかった。この感じ、知ってる。雪の積もった朝、お兄ちゃんと外に飛びだして真っ白な雪を踏みつぶす競争をした。そのどきどきと似ている。

あたしたちはケーキに夢中になった。ケーキをつぶせばつぶすほど、イチゴや生クリームを汚くほおばればほおばるほど、心臓がどくどくと音をたてた。なんだか怖くて、でも笑いだしたくなるくらいいい気分だった。

ふいに男の人の手があたしに触れた。

「髪の毛にクリームがついちゃってるよ。こっちにおいで、くくってあげるから」

強い力だった。男の人の手があたしの肩をつかんで廊下へと連れていく。大きな体にさえぎられてお兄ちゃんを見ることができなかった。

暗い廊下にでた途端、後ろでカチと小さく鍵が鳴った。女の人の言っていた「仕事」を思いだした。急に息が苦しくなった。あたしは扉をふり返った。部屋からは何の物音もしない。曇りガラスの向こうにお兄ちゃんらしき人影がたくさんの色のお菓子と一緒くたになっているのが薄く見えた。喉《のど》が急にちぢこまってしまって、声がでなくなった。

どこもかしこもガラスだらけの洗面所で、あたしは手や顔を洗われた。泡はいいにおいがしたけれど、男の人が両手で包むように触るので嫌な気持ちだった。ふと見上げると、大きな鏡に丸々とした男の人の背中がうつっていた。その下でがりがりのあたしが立ちつくしている。黒いおびえた目をして。頭の中が真っ白になった。

迷子になった時のようにぽかんとしてしまったあたしを、男の人がのぞき込んだ。丸い眼鏡《めがね》に垂れたほっぺ。鼻がてかてかと光っている。

「どうしたの？　大丈夫だよ。ねえ、あっちに行こうか」

　廊下の奥の暗いドアを指して、とろんとした目で言う。何も見えていない目。お酒のにおいのするなまあたたかい息がかかる。べたべたした笑い顔。こんな顔を見たことがある。あれは春くらいだった。ぱっと光が押入れの中に入ってきて、足をつかんでひきずりだされた。その時、目の前にあったのと同じ顔だ。お母さんの上に乗っかっている男の人が浮かべる顔。お母さんの悲鳴と笑い声が頭をぐるぐる回る。

　あの時はお兄ちゃんが助けてくれた。あたしは靴下のまま家から飛びだして逃げた。しばらくして帰ると男の人はいなくて、お兄ちゃんの顔は腫《は》れあがって鼻血がでていた。お母さんは顔だけは血がでるまで叩かないから、男の人がやったのだろう。

　今、ここにお兄ちゃんはいない。声はとどかない。逃げたら仕事ができなくて、お金ももらえない。家に帰らなきゃいけなくなる。自分で何とかしなきゃいけない。なのに、あたしは怖くて動けなくなってしまった。太った男の人があたしの肩や背中をなでている。嫌だ。どうしよう。お兄ちゃんなら、お兄ちゃんならどうするだろう。

　男の人があたしを暗い部屋にひきずっていく。部屋の真ん中には大きなベッドが怪物のようにうずくまっている。扉が閉まって、部屋がもっと暗くなって、またカチと鍵の音が響いた。

あたしは闇の中にすっぽりと飲み込まれてしまった。

その時、外からひゅうという音がした。ぼんと続いて、わあっという人の声が聞こえた。

「花火」

あたしが飛びあがって言うと、男の人は「ああ、今夜は花火大会だったね、ここから見えるよ」と少し驚いたように言って、大きなカーテンをひいた。ベランダの向こうで、涙のかたちの光がぱあっと散らばった。

——子どもにひどいことしようとする奴は殺しちゃっても罪にならないんだよ。

お兄ちゃんの言葉が頭の中で花火と一緒に光った。

あたしはガラスの引き戸をあけると、裸足《はだし》でベランダに飛びだした。しばらく手すりにしがみついて花火を眺める。そして、花火を見るふりをしながら手首の腕輪を外して、手すりの下から隣の家のベランダの方に放った。

男の人がぶつぶつ言いながらベランダにでてきた。「さあ、もうおいでよ」と言いながらあたしの髪を触る。あたしは大きな声をあげた。

「あたしの赤い腕輪があっちにいっちゃった！　大事なものなのに！」

うずくまって隣のベランダを指差して泣きまねをした。男の人は慌てて「静かに！」と言いながら、隣のベランダをのぞき込んだ。

「ねえ、泣きやんでよ。わかった、わかった、取ってきてあげるから。そしたら、おとなしく言うことを聞くんだよ」

あたしがうなずくと、男の人は部屋から丸い椅子を運んできた。重そうな体をよろよろとさせながら、椅子の上に立ってベランダの手すりに足をのせる。隣との仕切りに手をかけた瞬間、あたしは思いっきり男の人を突き飛ばした。

花火が何発もあがって空で弾けていた。だから、何の音も聞こえなかった。男の人の口は金魚みたいにぱくぱくしていたから、きっと何か叫んでいたはずだけど。赤や黄色にまわりが光って、その中を大きな体がゆっくり落ちていった。

しばらくじっと夜空を見つめた。男の人がすっかり消えてしまっても、光のシャワーは降り続けていた。

あたしはがらんとした暗い部屋を抜けて廊下に走りでた。さっきまでいた部屋から扉を叩いている音がする。あたしが鍵をあけると、お兄ちゃんが飛びだしてきた。

「優香、ごめん。大丈夫？　何かあった？」

お兄ちゃんの肩に顔をうずめた。甘いクリームのにおいの奥から、湿った押入れのにおいがした。汗臭いお布団のにおいもする。お兄ちゃんのにおい。

「お兄ちゃん、花火がはじまっちゃってるの」

あたしはそう言うと、ベランダにお兄ちゃんをひっぱっていった。

花火はまだ終わってなくて、ハートや星のかたちの花火がちょうど光っていた。

でも、あたしはお花みたいに中心からぱあってひらくのが好き。じっと、じっと、真ん中だけを見つめていると、ぐんとまわりで光が飛んでいって、暗い空に吸い込まれるような気がする。あたしはどこかに飛んでいけるのかもしれない。そう思うと体がふわふわするから。

「ねえ、お兄ちゃん、じっと見ていたらワープしてどこかに行けちゃいそうじゃない？」

あたしがはしゃいでも、お兄ちゃんは困った顔で笑うだけだった。

花火はすぐに終わってしまった。音が止むと、ベランダの下の方から人の声がしだした。遠くから救急車の音も近づいてくる。

お兄ちゃんがベランダにだしっぱなしの椅子を見て、むずかしい顔をした。あたしは正直に言った。

「さっきの男の人、ここから突き落としちゃったの。だってね、あたしにひどいことしようとしたんだよ。お兄ちゃん言ったよね、子どもにひどいことしようとする奴は殺しちゃってもいいって」

「ひどいこと」

「うちに来る男の人が前にあたしにしようとしたこと」

お兄ちゃんの黒い目がもっと深く黒くなった気がした。あたしの手をつかんで、「いこう」と部屋を走りだす。

「金髪のお姉さん、迎えに来るって言ってたよ。それに、お金もらってないよ。わたあめも買ってもらってない」

「いいんだ、もう、働かなくて。わたあめはいつかぼくが買ってあげるよ」

「どうして」

「優香にはまだ早いから」

お兄ちゃんは玄関の靴箱の上に置きっぱなしになっていた男の人のお財布から何枚かお札をひっぱりだすと、部屋を飛びだして廊下を走った。エレベーターの中でも何もしゃべらなかった。建物の前の人ごみをかきわけて大きな道にでると、タクシーをとめてうちの住所を言った。

あたしはびっくりしたけれど、お兄ちゃんが怖い顔をしていたので黙った。悲しくなった。あたしはきっと失敗をしてしまったんだ。ちゃんとうまくお金を稼げなかったから、お兄ちゃんは怒っているに違いない。

喉の奥が熱くなってきて、我慢しようとしたのに涙がでてしまった。こみあげてくる息を飲み込もうとするのだけど、ひゅっひゅっひゅっとおかしな声がもれる。

お兄ちゃんの手が伸びてきて、あたしの頭をなでた。

「優香は悪くないよ。だいじょうぶ、きっと何とかなるから」

優しい声だった。ほっとすると、声がとまらなくなってしまった。タクシーのおじさんがふり返る。

「お嬢ちゃん、どうした?」

「すいません、お祭りで食べすぎちゃったみたいで。お腹が痛いんだと思います」

お兄ちゃんが静かな声で答えた。


タクシーは夜と光の中をすいすいと進んで、あっという間に家に着いてしまった。

家の鍵はあいていた。でも、中は真っ暗だった。

電気をつけると、お布団の上でお母さんが眠っていた。お酒の瓶とコップが枕の近くに転がっている。小さくひらいた口からよだれがつたっていた。おもらししたみたいにお尻のまわりが濡《ぬ》れている。顔は真っ白で、光に照らされているとマネキン人形みたいだった。そして、お兄ちゃんとあたしが願ったとおり、静かで穏やかだった。

あたしは何をしたらいいのかわからなくなった。いつもお母さんの顔色をうかがっていたから、お母さんがこんなにおとなしいとどうしたらいいのかわからない。

お母さんのまわりにはいつも熱くてどろどろしたものがあふれていた。なのに、口から流れているのは透明の液体だった。あたしとお兄ちゃんの傷からでる赤い血じゃなかった。それが、なんだか不思議だった。お母さんにつまっていたものがすっかり流れて、お布団に吸い込まれてしまったみたいだった。

お兄ちゃんはお母さんの口元に耳を寄せた。しばらくして立ちあがると、洗面所に行き丁寧に手と顔を洗った。戻ってくると、お母さんの手のまわりにキラキラしたものをまいた。ピンクの薬を包んでいたプラスチックだった。

それから、じっとお母さんの顔を見下ろした。それだけだった。

少ししてから、お兄ちゃんはお母さんのハンドバッグからケータイを取りだした。ポケットから折りたたんだ紙をそっとだす。それに何が書かれているか知っている。お父さんの電話番号だ。もうどうしようもなくなったらかけなさいと、言われていたものだった。

「おいで」

優しい声でお兄ちゃんが言った。あたしたちはお母さんを眺めながら壁にもたれて座った。だんだん体が重くなってきて、あたしはお兄ちゃんの太股に頭をのせた。

「お父さんが迎えにきても、警察の人が何を聞いても黙っているんだよ。しゃべれない人みたいに」

「ずっと？」

「ぼくがいいと言うまで、ずっと。そうしたら、みんなぼくらがお母さんのことでショックを受けているんだと思う。いいかい？　お母さんは自殺したんだ」

「自殺？」

「そう、ぼくらはかわいそうな子どもなんだ。大人にかわいそうと思われれば、もうひどいことはされない。警察にも捕まらない」

「本当にだいじょうぶ？」

「だいじょうぶだよ」

お兄ちゃんがあたしの頭をなでる。冷たい手だった。もう甘いクリームのにおいはしない。石鹼《せっけん》のにおいが鼻をくすぐる。

だいじょうぶ。お兄ちゃんが嘘《うそ》を言ったことはない。もう、痛いことはない。

深く息をすると、白い光のような眠りがぱらぱらとあたしに落ちてきた。まるで花火に吸い込まれるみたいだった。

鵺《ぬえ》の森

みにくいアヒルの子

悪い匂い、というほどでもない独特の生活臭というものはひどくやっかいだ。気になってたまらない。特に逃げ場のない満員の通勤電車の中では。中年男性の頭皮の脂、ぬけきってない昨夜の酒、ストレスで荒れた胃液、きつすぎる香水。そういったものなら我慢できる。人いきれで蒸れきって、絶え間なく揺れる車内にあっておかしくはないものだから。大学をでてからもう五年以上も毎朝電車に乗っているのだ。いいかげん、慣れている。

けれど、その匂いは明らかに異質だった。流れてくる空気の色が違った。黴《かび》臭く、土のように湿っていた。それに加齢臭のようなものも混じっていて、仄《ほの》かに薬っぽくもあった。

無理に場所をうつるほど不快な匂いではないが、吸っているうちにだんだんと肺に溜《た》まっていく。鼻や喉《のど》の粘膜がざらついてくる。後ろからひそひそと自分の衣服や細胞に染み込んでくる気がする。

電車が揺れて、背中に硬いものがぶつかった。

そっと振り返る。着物姿の老人がいた。樹脂でできたような灰色の髪とあごひげ。暗い紫色の風呂敷で包まれた重箱のようなものを、両手でしっかり抱いている。

学生やスーツ姿の会社員の中で明らかに浮いていた。

肺をざらつかせるその匂いは、箱からなのか、その老人からなのかは判然としなかった。俯《うつむ》いたままの老人に苛立ちが湧きあがる。

僕は口で息をしながら、流れる景色に目をやった。

その匂いは記憶の底を引っ掻《か》いていた。そして、それは僕を苦い気持ちにさせた。なぜだか陰惨な深い森を連想させる。ひりひりとした気持ちのまま、吊り革を握る手に力を込めた。


駅に着いた頃には、すっかり気分が悪くなっていた。

ここからバスに乗らなくてはいけない。けれど、また人ごみに加わることを考えると憂鬱《ゆううつ》になった。少しだけと自分に言い聞かせ、缶コーヒーを買う。

駅をでて電信柱にもたれかかって、改札から吐きだされていくモノトーンの群れを眺めた。誰一人顔もあげずに黙々と歩いていく。そのうち、すっかり会社に行く気が失《う》せてしまった。幸い今は新製品がでる時期でもなく、仕事はわりと落ち着いていた。会議や打ち合わせの予定もない。今日一日くらいだったら大丈夫だろう。

会社に電話をすると、入ったばかりの女性社員がでた。彼女の目鼻立ちのくっきりとした顔が頭に浮かんで、少し口ごもる。三つは下のはずだが、妙に隙《すき》がなく話しかけにくい女性だった。起きたら熱があってと言うと、「部長に伝えておきます、お大事に」とあっさりした調子で答えた。ふいに罪悪感がこみあげて昼から行くと言おうとしたが、電話は切れてしまっていた。

ぽっかりと時間が空いてしまった。先ほどまでの妙な倦怠感《けんたいかん》も消えていた。僕はなんとも整理のつかない気分を抱えて立ち尽くした。なぜ仮病を使ってまで休んでしまったのかわからなかった。

突然、しわがれた叫び声が響いた。

横を向くと、大きな黒い鳥が翼を広げながら口をあけていた。心臓に突き刺さるような鳴き声だった。

青味がかった黒い羽が空気を叩《たた》いている。たくましい嘴《くちばし》がぎゅっと突きだされた。菱形《ひしがた》にぱっくりとひらいた口の奥で舌が揺れる。

頭蓋骨《ずがいこつ》の内側でぐらりと何かが動いたような気がした。

闇の中、深緑の木々が揺れる。影に覆われた森。鳥の羽ばたき、叫び声。

鵺《ぬえ》だ。頭の中で閃《ひらめ》いた。

眩暈《めまい》がするほど、強烈なイメージだった。

一歩後ろに下がった途端、誰かにぶつかった。はっと我に返る。

「失礼……」と言いかけた僕を、柔らかな声が遮った。

「かまわない方がいいですよ、カラスは人の顔を覚えるから」

「カラス……」

電信柱の向こうに破れたゴミ袋が見えた。変色した麺《めん》や果物の皮、鶏の骨、茶がらなどが紙くずや丸まったアルミホイルに混じって散らばっている。その前でカラスが仁王立ちになって威嚇していた。どうやら僕はずっと食事の邪魔をしていたようだ。

よく見ると、カラスはさして大きくなかった。むしろ貧相なくらいだ。目の錯覚か。

「カラスが嫌いなんですか?」

「え?」

「すごい顔して見てたから」

馴れ馴れしい男だな、と思った。

黙って見返すと、男は首をちょっと傾けて目だけで笑った。小綺麗な茶色のジャケットに薄ピンク色のシャツなんか着て、髭《ひげ》を生やしている。くせ毛だかパーマだか判断のつかない髪は栗色《くりいろ》で朝の光を透かしていた。どう見ても会社員には見えない。美容師かなにかだろうか。

男は僕の怪訝《けげん》な視線を気にした様子もなく、「間違っていたら、すいません」と目を細めた。

「堤《つつみ》くん、じゃないですか?」

「そうだけど」

　僕は驚いて、相手の顔をまじまじと見つめた。白い肌に色の薄い眼。面影があった。手足ばかりが長く、たよりないひょろひょろとした背中が蘇《よみがえ》る。

「まさか……翔也《しょうや》？」

「そう」

　男はにっと歯を見せて笑った。

「朝によくここの駅で見かけるからさ、気になっていたんだよね。いつも足元だけ見つめて、さっさと歩いてバス停行っちゃうから声かけにくくて。今日はいいの？」

　通りの向こうのバス停を顎《あご》で示す。

「ああ……今日は、もう、いいんだ。仕事は休んだから」

　つい本当のことを言ってしまった。思わず翔也の顔を見たが、たいして興味がなさそうに「そうなんだ」と顎を揺らした。

「ならさ、せっかく久々に会えたんだし、おれの事務所来ない？　すぐそこだし」

「事務所？」

「うん。友達と二人でさ、建築の会社興したの。一階が事務所でさ、地下はギャラリーをやっているんだ。ギャラリーは午後からだから、今は誰もいないし、おいでよ」

　そう言いながら、もう歩きだしている。なんとなく付き従ってしまう。こんなに行動的な奴《やつ》だっただろうか。けれど、もう十五年以上経つのだ、人間が変わるのに充分な時間だ。

「よく気がついたな」

そう呟《つぶや》くと、翔也は大股《おおまた》で歩きながら振り返った。相変わらず手足が長い。確か四分の一だか外国人の血が混ざっているとか聞いたことを思いだす。今となれば、良い意味でよく目立っている。けれど、昔はなんだか奇妙に浮いていた。茶色い眼も感情が希薄そうに見えた。

「だって、堤くん、まったく変わってないじゃない。相変わらず、賢そうだ」

賢そうという言葉がなんとなくひっかかる。あの頃の僕はいわゆる勉強くらいしか取り柄のない大人しい子だった。今も、何があるかと言われれば特に何もないのだが。

黙ってしまった僕をちらりと見ると、翔也は脇に抱えた紙袋を軽く揺らした。

「あ、これ、駅のそばのパン屋の。ほとんど毎朝買っちゃっててさ。あの白と青の店。今日はサーモンのベーグル・サンドとエピ。うまいよ、堤くんもどう？」

「いや、いい、大丈夫」

何が大丈夫なのか、と言ってしまってから思ったが、翔也は口笛でも吹くみたいに「そう」と言ったきり悠々と歩いた。

電線に止まったカラスがしわがれた声で鳴いた。心臓が軋《きし》む。

僕はついてきてしまったことに微《かす》かに後悔を覚えはじめた。

小学校の高学年だったと思う。父の転勤で、僕は滋賀の山奥に住んでいた。人口の少ない町で、各学年多くて三クラスくらいしかなかった。そういう環境に引っ越してくる子どもは大変だ。どうしたって目立ってしまう。場の空気や子ども同士の上下関係を慎重に読まなくてはいけない。

僕は転校が多かったので、人の顔色を読んだり、当たり障りのない関係を築いたりするのには長《た》けていた。自分がどう見えるかということも、早い時期から把握していた。けれど、田舎《いなか》の空気はそれまでいたどこの街より粘着質で保守的だった。人々は思っていた以上に細かい部分にまで注目してきた。村と言っていいようなその町に住んでいる限り、一挙一動は人の目にさらされていた。そして、始終さまざまな噂《うわさ》が飛び交っていた。

僕の母親は息が詰まると、父にしばしば文句を言っていた。その気持ちはよくわかった。まるで、肺に少しずつ滓《おり》が溜まっていくようにだんだんと息がしにくくなるのだ。僕だけリコーダーの色が違ったり、自分が話している時に教室の隅で誰かが笑ったりする度に、呼吸が浅くなった。標準語の発音が嫌みにとられないように、そこの方言を覚えるまではなるべく口数を減らした。

一度、異物だとみなされたら、もう終わりだった。テストですらわざとあまりいい点数を取らないようにしたくらいだ。ただ、僕には一つ安心があった。それが、同じクラスの翔也だった。

翔也には父親がいなかった。母親は出戻りだとか、大阪で水商売をしていたとか、いろいろな噂があった。不倫の末に子どもができてしまい、一人で育てられなくなり実家に帰ってきたとも言われていた。

翔也は色素が薄く、外見が目立っていた上に気も小さくて、喋《しゃべ》るとすぐ声が裏返った。育ちのせいかは知らないが、遠足の時に蝶《ちょう》を追って迷子になったりと、一風変わったところのある子どもだった。何より、彼からは「可哀《かわい》そうな」オーラが滲《にじ》みでていて、子どもからすればそれは「苛《いじ》めて下さい」と言っているようにしか見えなかった。正直、僕でさえ、もっとうまく立ち回ったらいいのにと苛々したくらいだ。

ただ、確実な標的が他に一つあれば、こちらに矢が飛んでくることはない。僕は教室の片隅でぼんやりと窓の外を眺めている翔也を見ては、人知れずほっと息をついていた。

前を歩いていく細い背中を眺める。あの頃と違ってゆったりと背筋を伸ばしている。

「おれ、ずっとカラスの化け物みたいなものなんだと思ってたよ」

ゆっくりとその背中が言った。

「え？」

ふいに翔也が歩を止める。

「ここ」と、コンクリート打ちっぱなしの階段を降りていく。

「一階が事務所、ギャラリーは下ね」

顔をあげると、地下への階段の横にはすっきりとした建物があった。大きな窓ガラスの奥には焦げ茶色を基調とした落ち着いた空間が広がっている。事務所というよりは輸入家具のショールームみたいだった。

階下から鍵《かぎ》を鳴らす音が聞こえてきたので、慌てて階段を降りる。

「カラスの化け物？」

「あれ？　さっき、てっきりそれを思いだしてんだと思ってたのに」

カチと鍵の開く音が翔也の手元で響く。壁のコンクリートから冷気が伝わってくる。

「え？　何を？」

「鵺」

翔也はにっと笑いながらガラスのドアを押した。中から濃い植物の香りが流れだした。薄暗いがらんとした部屋の奥に深い緑の木立が見えた。

さっきの電車で嗅《か》いだ湿った土と黴の匂いが蘇る。胸苦しいほどの不安をかきたてられた理由がわかった。

「そうだ、あの森だ」

立ち尽くしたまま、僕は呟いていた。

「そう、鵺の森」

ゆっくりと翔也は繰り返した。


僕らの学校の裏には小高い丘といった程度の山があった。そこは鬱蒼《うっそう》とした木々に覆われていて昼でも暗かった。一番奥には小さなお社があって、古ぼけた塚を祀《まつ》っていた。子どもたちは七不思議だの幽霊屋敷だのと怖い話が好きなものだが、その森と塚は特に恐れられていた。

塚には鵺という怪鳥が封じ込められていると言われていた。昔、鵺は都を夜な夜な飛び回り、帝《みかど》を悪夢で苦しめたので、退治された。鵺の死体はうつほ舟に入れられて流された。その舟が流れついたのが、この町だと言われていた。祟《たた》りを恐れた人々は鵺を丁重に埋め、祀った。

けれど、人間を呪った鵺は夜になると闇から力を得て土から蘇り、森の中を叫びながら飛び回る。鵺に見つかってしまうと鋭い爪と嘴で引き裂かれ、運良く逃れられたとしてもその鳴き声を耳にしたものは呪われて三日以内に悪夢を見て死ぬ。そう、まことしやかに語り継がれていた。今ならば、暗くなってから森に入らないようにと、大人たちが作った嘘《うそ》だとわかるのだが。

森にはカラスがたくさんいて不気味だった。いつでもぎゃあぎゃあと鳴いていた。なぜか奇形の犬や猫がよく捨てられていた。日が落ちた森の奥から恐ろしい鳴き声が聞こえてきたという子もいた。

僕はその伝説を聞いて育ったわけではないけれど、それでも、鵺の話を一度でも聞いたら充分なくらいその森はおどろおどろしい気配に満ちていた。委員会などがあってどうしても帰りが遅くなる日は、校舎の中にいてもなるべく森の方を見ないようにした。黒々とした森が背後に迫りくるのを感じながら早足で帰った。

大人になってから調べたら、鵺とは頭が猿で、胴が狸《たぬき》、尾が蛇、手足が虎のキメラのような想像上の生き物とあった。僕らは恐竜図鑑で見た肉食の巨大な鳥を思い浮かべていた。僕は鵺の死体が入っていたという「うつほ舟」というものが妙に気になった。「うつほ」という言葉の響きに、ぼかんとした恐ろしさを感じたのだった。

翔也は絵や工作が好きで、よく一人でこっそり鵺の絵を描いていた。けれど、ひどい弱虫で、クラスの誰かに上履きや筆箱を森に投げ込まれたりすると昼間でも取りに行けず、靴箱の前に敷いてあるすのこに座り込んでいつまでも泣いていた。

正直、泣いた顔ばかり思いだす。それと、伸びきったTシャツの襟元から覗《のぞ》く骨ばった鎖骨。その向こうで揺れる水面。カルキの匂い。

そうだった、思いだした。翔也と二人きりになることがあった。プールの時間だ。

僕と翔也はいつもプールを休んでいた。僕は父の知り合いの医師に診断書を書いてもらっていて、翔也はいつも水着を忘れてきて怒られていた。

翔也は泣き腫《は》らした顔で、光る水飛沫《みずしぶき》をぼんやりと見つめていた。茶色い眼は虚《うつ》ろで何を考えているかわからなかった。仲良くしていると思われて、苛めのとばっちりを受けたら嫌なので、僕は少し離れたところから呟いた。

「なんでさ、眼とか髪とか茶色いの？」

翔也はびくっと細い肩を震わして、おずおずと僕の方を見た。僕は顎で前を向いたまま話せと促した。翔也が慌てて前を向く。

「気持ち悪い？」

「そうは言ってない」

僕がぶっきらぼうに言うと、翔也は少し黙って足元を這《は》う蟻《あり》に視線を落とした。長い睫毛《まつげ》が影をつくる。

「父さんがハーフなんだ、もう会えないけど。だから、受け継いじゃったんだって、母さんが言ってた」

「髪とか染めたらよかったんじゃないの？　今更だけどさ」

翔也はなんだかいびつだった。個性的なパーツが無理やり細く青白い顔に収められていた。昆虫のような長い手足がアンバランスについている。そうかと思えば、睫毛や肌は女の子のようだった。そういうちぐはぐさが見まいとしても目に入ってくるのだ。鬱陶しいほどに。

「そんなことしても無駄だよ。結局どこを変えたって、この町で生まれ育った奴はぼくをよそ者として見るんだ。どこかしらに文句をつけてくる、ぼくがぼくである限り気に障るんだよ」

その気持ちはよくわかった。転校ばかりしていると受け入れられるのに必死で、本当の自分をいつしか見失っていく。けれど、どんなに自分を殺しても完全に溶け込むことはできない。

「確かにな」と小さな声で言うと、僕は水の中ではしゃぐクラスメイトを見つめた。どうして人って水に入るとあんなに声が高くなるのだろう。

ぷちりと小さな音がした。横を向くと、翔也が指で蟻を一ぴき一ぴき潰《つぶ》していた。

「ぼく、知っているよ。堤くんの秘密」

水音と甲高い声が遠のいた。心臓が耳の奥で鳴りだす。雲が晴れたのか視界が光で霞《かす》む。

「ちらっと見えたんだ。身体検査の時に。そんな顔しなくても大丈夫だよ。ぼくも同じようなものだから。ここにね、タトゥーがあるんだ。これだけは見られたくないから、プールをさぼってるんだ。父さん、タトゥー職人でさ、去年会った時にいれてくれたんだ、自分のことを忘れないようにって。でも、会ったことがばれて母さんが怒っちゃって。それで、もう会えない」

翔也は神聖な儀式みたいに胸の辺りをちょっと触ると、ぷちぷちと蟻を潰し続けた。

僕は何も言えずに黙ったままだった。

翔也が「安心した？ 秘密の交換だよ、絶対言わないでね」と笑った。笑顔のまま、そっと指の匂いを嗅ぐ。

「蟻の血って酸っぱい匂いがするよね」

白さを増した視界の中で、翔也の眼はガラス玉のように見えた。

鵺の死体が入っていたうつほ舟の「うつほ」とは、空っぽとかがらんどうを意味する言葉のことだったと、その時に気付いた。


「有名な人の作品？」

森と錯覚させたものは、四方の壁に掛けられた絵だった。どれも一畳はゆうにあった。柔らかな間接照明に照らしだされて本物の木立のように見える。

翔也は部屋の隅に置かれたアロマディフューザーのスイッチを入れた。水蒸気が噴きだし、濃い緑の香りが一層強く漂う。

「いや、無名。美大でたばかりの若い子だよ。おれ、一人で立とうとしてる人好きなの。

自分だけの何かを必死にかたちにして残そうってしてる奴見ると応援したくなって。だから、ギャラリー持つの夢だったんだ。待ってて、コーヒー淹《い》れてくる」

そう言うと、翔也はドアをでて階段をあがっていってしまった。

僕は絵を眺めた。よく見ると、あの暗くおどろおどろしい鵺の森とは違って、雄々しいが穏やかな森だった。深緑の空気の中で木々はまどろんでいるように見えた。その木の隙間を小さな魚の群れが泳いでいた。全部の絵にひっそりと魚たちが紛れ込んでいる。

絵に気を取られていると、いつの間にか翔也が戻ってきていた。

「面白いだろ、落ち葉が散っているのかと思ったらさ、魚が泳いでるの。この香りもさ、森の空気感をだすために調合したらしいよ、サイプレスとかティートゥリーとかシダーウッドが入っているって言っていたかな。落ち着くよね」

確かに、慣れてくると甘さや爽《さわ》やかさも感じられてくる複雑な香りだった。森を揺らす風のように微妙にその姿を変える。

「本当は飲食禁止なんだけど」と言いながら、翔也がマグカップを差しだしてくる。部屋の奥からスツールも持ってきてくれた。自分は立ったままで、入って正面の一番大きな絵を眺める。

「思いださない？　スイミー」

「ああ」と僕は頷《うなず》いた。コーヒーは熱く香ばしかった。

「おれ、小さい頃あの童話好きでさ。でも、小学校入って、あれは嘘だって気がついたね」

「嘘？」

「そう、小魚たちが集まって一匹だけ黒いスイミーが目になって、大きな魚を撃退するやつ。嘘っていうか幻想だって。他と違う奴が受け入れられることなんかない。あれは魚だからなんだって、そう思った」

僕はぎくりとした。悟られないようにマグカップを両手で包む。

「ほら、おれ、苛められていたじゃん」

翔也が軽い調子で笑う。僕はやっと「そうだっけ」と呟いた。

「魚だと苛めとかしないわけ？」

なんとか話を逸《そ》らす。

「そうだなあ、生きるのに必死でそんな暇ないんじゃないかな。なあ、知ってる？　カラスって犬や猫より頭いいんだってさ。けどさ、そんな賢いカラスの弱点て何だと思う？　恐怖心なんだって。恐怖心が強いから見たこともないものに過敏になる。毛色の違うカラスは一生仲間外れらしいし、下手《へた》すりゃ苛め殺される。東京の鳩《はと》が黒っぽいのも、カラスが白い鳩を襲ってしまうかららしいよ。人間はさ、カラスと一緒だよ」

「まあ、でも、いろんな人間がいるんじゃないかな」

そう言いながらも、僕は翔也と目を合わせられなかった。森の香りのする水蒸気だけが軽い唸《うな》りをあげて舞っていた。しばらく経って翔也が言った。

「そういえば、堤くんは何やってんの？」

「ああ、メーカーの販促」

反射的に名刺を渡してしまう。名前だけは有名な電気製品の会社だが、営業と製造とデザイナーの間を行ったりきたりする連絡係のような仕事。慣れた頃に担当製品を変えられるので、正直誰がやっても同じことを繰り返すくらいしかできない。しかも僕が受け持つのは大抵が僕自身すら興味を持てないようなマイナー製品ばかりだ。

翔也は名刺を流し見ると、ポケットにしまった。僕はコーヒーを飲み干すと、スツールから立ちあがった。

「ご馳走《ちそう》さま、じゃあそろそろ行くわ」

「あー待って待って、煙草一本付き合ってよ。カップはそこ置いておいていいから」

翔也は僕を遮るように手を広げると、スツールを指差した。そして、返事を待たずにドアに向かっていってしまった。煙草は吸わないと言う間もなかった。どうもさっきから息がしにくい。体が動かしにくい。濃い緑の香りが体に絡みついてくる。

翔也は覚えているのだろうか。

ねばねばした嫌な汗が掌《てのひら》に滲んでいた。ポケットに突っ込む。

翔也の後ろ姿を見つめながら、唾《つば》を飲み込んだ。がらんとした空間に喉の音が響く。振り返ると、深い森が僕を覗き込んでいた。

そう、僕は彼の秘密をばらしたのだ。


翔也がいけないのだ。泣き虫でグズのくせに、あんなものを作ってしまうから。

僕と秘密を共有したつもりで、いい気になっていたから。

プール学習の度に話しかけてくる翔也が疎ましかった。けれど、秘密をばらされるのが怖くてついつい言葉を交わしてしまった。

翔也はプールの時以外は話しかけてこなかった。からかわれたり、プロレス技をかけられている時でも決して助けを求めたりはしなかった。僕に気を遣っていたのだろう。

自分の臆病さを見抜かれた気がして、苦い気分になった。確かに僕は皆の前で話しかけられたとしても無視しただろうし、間違ってもかばったりなんかしなかっただろうから。

わかっているからこそ、苛立ちが募った。

プールに反射する光に目を細めながら、僕に笑いかける翔也が不気味に思えた。怖かったのだ、翔也が僕を恨んで秘密をばらしてしまうのが。助けてくれないことを責めもせず、笑っていられる翔也が何かを企《たくら》んでいるように見えて気が気じゃなかった。

夏休みになって、あの色素の薄い眼から離れると、やっと息がつけた。

けれど、休みが明けて教室に入った途端、僕は呆然《ぼうぜん》とした。

見慣れない光景が広がっていた。

翔也の机の周りに人が集まっていた。

その真ん中には白い鳥の模型があった。小さく切った無数の割り箸《ばし》で組み立てられていた。大きく羽を伸ばして、今にも飛び立ちそうに生き生きとしている。

いつも乱暴な男の子も口をあけて見惚《みと》れている。女の子たちは遠巻きにしながらも「何あれ、すごい、すごい」と騒いでいた。遠藤《えんどう》さんという気の強い女の子が「翔也、あんた本当に自分で作ったの?」と高い声で言った。

「そうだよ、そんなに難しくなかった」

翔也が小さな声で答えると、男の子の一人が「じゃあ、ヘリコプターとかさ、虎とかも作れる?」と訊《き》いた。翔也はそっと頷いた。「すげえ」と歓声がわく。人に囲まれて背を丸めていたが、翔也は少し頬を上気させて明らかに得意そうだった。

翔也の作った鳥の模型は文句なく図画工作の最優秀賞に選ばれた。そればかりか、県の小学生コンクールに出展されることになったと担任の先生が言った。

僕は怖くなった。翔也は夏休みが明けてから一度も泣いていなかった。休み時間を使って、クラスメイトが頼んでくる模型を黙々と作り続けていた。木工用ボンドの酸っぱい匂いの中で、規則正しく手を動かす翔也はロボットのようだった。

このままでは、苛めが僕に回ってきてしまうと思った。

その恐怖に抗《あらが》えるものなんてひとつもなかった。

体育の時間の後だった。教室に戻ってきた翔也は後ろから羽交い締めにされた。正面に回り込んだ子が体操服をまくりあげようとした。翔也は抵抗した。はじめてのことだった。金切り声をあげて、足を交互に蹴《け》りだしながら渾身《こんしん》の力を込めて逃れようとした。蹴り飛ばされた子が大げさな悲鳴をあげると、わっとみんなが押さえにかかった。

翔也は蹴ったり殴られたりされると、すぐに床に膝《ひざ》をついた。ぐったりとした体に手が伸びて、体操服が引きはがされた。

白く細い胸に、青黒い鳥が翼を広げていた。

歴史の教科書に載っていた壁画のような渦巻き文様の鳥だった。一瞬、辺りはしんとなった。その鳥は濃い空気を放っていた。昼間の光とは異質な。

「鵺だ！」と誰かが叫んだ。

「こいつ鵺の痣《あざ》があるぞ、呪われてるんだ」

周りにいた子が一斉に後ずさりした。

上半身裸の翔也は目を見開いたまま、首を振った。自分を取り囲む子たちの顔をぐるっと見回し、一番後ろにいた僕のところで視線を止めた。突き抜けられそうなほど虚ろな眼だった。僕は慌てて目を逸らした。

翔也は胸に描かれた鳥を抱くようにしてうずくまった。

その日から、翔也の存在は消された。もう誰も話しかける人はいなくなった。町では翔也の父親がヤクザがらみの人間だったという噂がたってしまい、大人たちまでが関わりを避けようとした。刺青《いれずみ》のある子だから何をするかわからないと陰口が飛び交った。

子どもたちの間では、翔也は恐ろしい鵺の呪いを受けているから、触ったり口を利いたりしたら不幸になると噂がたった。翔也の作った鳥の模型は壊され、机の中も靴箱の中もいつもめちゃくちゃにされた。下校中には石をぶつけられ、生傷が絶えなかった。それなのに、翔也自身は誰からも見えていないように扱われた。給食当番もさせてもらえないし、プリントも回ってこない、手をあげても指名されることもなかった。

泣かされていた頃の方がまだ、ましだったろうと思う。僕自身もこんなことにまでなるとは思っていなかった。翔也はあの時以来、一度も僕を見ることはなかった。やがて、学校を休みがちになっていった。

僕はまた父の転勤が決まり、三学期にはもう違う学校に移ってしまった。

最後の日も翔也の席は空っぽだったのを覚えている。

ギャラリーのドアを後ろ手に閉めると、階段の上から煙草のけむりが流れてきた。大きく深呼吸をする。昔のことだ、それに僕だけのせいではない。

吹き抜けの階段は大分明るくなっていた。翔也は灰皿を片手に持って、狭い階段の中ほどに腰掛けている。飛び越えるわけにもいかないので、足元を見つめながらコンクリートの壁にもたれた。背中が冷たい。

「そういえばさ、遠藤さんって覚えてる？　ほら、女子で一番足が速かった子」

「ああ」と、僕はポニーテールに引っ張られた気の強そうな目尻を思いだした。

「こないだ、偶然見かけたんだ。少し大人しそうになっていたけど、あんまり変わってなかったよ。ちょっとした悪戯心《いたずらごころ》で初対面のふりして声をかけたんだ。そしたら簡単についてきて、あげくにすっごい酔っ払っちゃって」

翔也はふうっと白いけむりを吐いて、にっと笑った。

「だから、やっちゃった」

目が合った。「え」という口のまま、僕は固まっていた。

「面白いんだよ、遠藤さん。飲んでる時でも、ベッドでも、ずっと愚痴ばっかり言っててさ。なんか不倫してるみたいだよ、歳《とし》も歳だし焦っているみたいで。みんな結婚しちゃってるから地元には帰りにくいって。訊いてもいないのに自分のことばっかり喋って、いつまでたっても全然おれだって気がつかないの。だからさ、言ったんだ。まだ、牛乳嫌いなのって。いつも自分の分を無理やりおれに飲ませてたよねって。その瞬間の顔、すごかったよ。なんて言うんだろうね、ああいうの、化け物を見る眼？　その後、ごめんなさいって裸でガタガタ震えてさ。おかげで背が伸びたってフォローしてもさ、青い顔のまんま。正直、昔、自分を苛めた女の子を抱くのってどんなものかなってのはあったんだ。でもさ、そんなもの、たいしたことなかったね」

翔也はくすくす笑いながら足元を見た。翅虫《はむし》が這っていた。煙草の火を近づける。透明なセロファンのような翅《はね》がちりりと巻きあがり、虫が肢《あし》をばたつかせる。

「苛める方はさ、苛めた相手の顔なんて覚えてないんだよね、きっと。不思議だよね、苛められた方は全員の顔も何されたかも詳細に覚えているのにさ。もう排除してしまったら気が済んで忘れるのかな。そこがカラスと違うね、彼らは忘れないらしいから」

やっぱりそうだったのだ。にこにこと笑いながら翔也はずっと僕を憎んでいたのだ。激しい鼓動と裏腹に、指先が冷たくなっていく。

その時、僕ははっとなった。さっき、翔也に名刺を渡してしまった。視界が揺れて、吐き気が込みあげる。

「復讐か？」

「え？」

白々しく無邪気な顔なんてしやがって。僕はなんとか声を絞りだした。

「僕にも復讐するつもりで声をかけたのか？」

日がかげって、階段が暗くなる。空の高いところで雲の流れる音がする。頭の中をざらざらと擦《こす》っていく。

翔也はしばらく僕を見つめると、ゆっくりと笑った。

「ねえ、堤くん、鵺の森に入った？」

何のことを言っている？　乾いた唇をひらいたが、声がでなかった。翔也は構わず続ける。

「おれはね、入ったんだ。森は黒かったよ、夜の闇よりずっとね。でも、怖くなかった。母さんは神経がおかしくなっちゃって、学校も家も、おれの居ていい場所なんかなかった。だから、行ったんだ、鵺の塚の前に。命を捨てたいと思ったんだ。どうせなら、みんなが畏《おそ》れるものに奪われたかった。そして、森で鵺を見た」

煙草の白いけむりが流れて、消えた。

「そう、おれは鵺を見たんだ。カラスの群れが一目散に逃げて、ぎゃあぎゃあ騒いでいたよ。鵺は恐ろしく禍々《まがまが》しかった。何よりも闇が似合っていた。ぬめるような空気を放っていた。おれみたいな中途半端なまがいものじゃない、完全なる異端だったよ。あまりに圧倒的で美しくさえあった。なあ、禍々しさやいびつさだって、極めれば充分に人を惹《ひ》きつけるんだ」

僕は一歩後ろにさがった。翔也の言っていることが、よく、わからなかった。

「わかんない？　苛められていた頃、おれはこのタトゥーを彫った父さんならおれを理解してくれると思っていた。いつか、自分と同じ人たちのところへ行けると夢見た。けど、鵺を見た時思った。もう、一人でいいと。わかったんだ。どこに行っても同じなんだ。みんなカラスと一緒で怖いだけなんだよ。だから、必ず仲間外れを作る。共同体なんて、そんなもんさ。わずかな違いを見つけだされるのを恐れて生きるのなら、おれは一人でいい。恐れられる方がずっといい。鵺はずっと一人で、畏れられて、理解なんてされないんだ。けど、忌み嫌われてもあんなに堂々としていられるんなら、それでいい。そう思ったら目の前がひらけた。堤くん、ひらけた世界って見たことがないだろう？　拒絶されて、死の淵《ふち》まで行って、そうしなきゃ気付けないものはあるんだよ。そして、君はそのチャンスを逃したんだ」

翔也は立ちあがって階段を降りてきた。

「おれはその時得たもので、今も生きながらえている。だからさ、おれは怖くないんだ。自分の恐怖心や闇すら覗けない奴なんか恐れない。周りと違うって言われても、そんなの当たり前だって思えるんだ。たった一人になっても」

小さく「復讐なんて」と笑う。

すっと長い手を伸ばして僕の胸に触れようとした。僕は勢いよくその手を払った。自分の荒い息の音ばかりが聞こえる。狭まった視界で翔也が目を細める。

「まだ、隠しているの？　火傷《やけど》の痕」

「うるさい」

叫んでいた。何度も叫ぶ。腹に力が入らなくて、声がひきつる。

「お前に関係ないだろう」

「そうかな」と翔也が笑う。僕の胸をじっと見ながら。色の薄い眼で。

火傷の痕。その言葉で身体が熱くなる。止められない。

昔書いてもらっていた診断書は嘘だ。僕はどこも悪くない。ただ、胸の肉が溶けているだけ。五歳の頃、母親が目を離したすきに火にかけてあった油の鍋をひっくり返したのだ。その時の痛みなんかもう覚えていない。けれど、焼けた皮膚は治らなくて、鏡を見る度この痛みは一生続くのだと思う。

母親は負い目があるから僕の言うことは何でも聞いてくれた。翔也の復讐が怖くて、もうあの虚ろな眼に堪えられなくて、僕は母に東京に戻りたいと泣きついたのだった。

僕は逃げたのだ。

「勝ったつもりでいたんだろうね、堤くんは。ほっとしただろうね、もう暗い暗い鵺の森が見えなくなった時。けどさ、自分を脅かすものから逃げて、小さな勝ちばかり手に入れても肝心なものは見えない。大きな負けが待っているだけだと思うよ。だって、森はそこにあるんだから」

　翔也は僕の胸を指した。誰にも見せたことのない爛《ただ》れた胸を。

「おはようございます」

　ふいに明るい声がした。階段の上に地上の光を背負った人影が見えた。

「おはよう」と柔らかい声で翔也が答える。

　すっきりした体つきの若い女性だった。脇にメットを挟みながら軽い足取りで階段を降りてくる。手袋を外すと、太めの銀の指輪が光った。

「今日はこれかけていいですか？」

　リュックからＣＤを取りだす。ちらりと僕を見て会釈する。「小学校のクラスメイト」と翔也がのんびりと言う。

「彼女があの森の絵を描いた人」

　女性は八重歯を見せて笑うと、「小学校の時から続いているなんて仲いいですね」と感心したように声をあげた。

「翔也さんってどんな小学生だったんですか？」

　真っ直《す》ぐ僕を見る。彼女の澄んだ眼には深い森は宿っていなかった。

　全てがさらさらと映像のように流れていく。反応ができない。彼女が少し首を傾《かし》げる。

「普通だよねえ。あ、このCDおれも持ってるよ」

翔也が口笛でも吹くみたいに言う。

「そうなんですか、いいですよね」

二人の声に押しだされるようにして僕はふらふらと階段をのぼった。

後ろから「堤くん、またね」と明るい声が聞こえたような気がしたが、振り向くこともできなかった。

地上は眩《まぶ》しい光が降り注いでいた。なのに、指先がずっと冷たい。自分の身体じゃないみたいだ。アスファルトが妙に柔らかい。

「一体、何が見えるっていうんだ」

僕は呟いた。

今更そんなもの見なくたっていい。ひらけた世界？ それが何だと言うのだ。わけのわからないことを言いやがって。ぶつぶつと言葉が口からもれて止まらない。

その時、ざっと黒い影が頭上を掠《かす》めた。ぎくりとして身がすくむ。

カラスだった。しわがれた声で叫びながら飛び去っていく。

小さくなっていく黒い点を見つめ、動かない自分の影に目を落とした。

――チャンスを逃したんだ。

翔也の言葉が蘇る。喉が無性にひりひりした。渇きにも似た焦りと疑問がせりあがる。

本当はわかっていたのだ。ずっと昔から。どんなに自分をあざむいたって、完全に受け入れられる場所なんてないって。

じゃあ、本当の僕はどこに向かったらいいのだろう。そもそも、今、僕はどこにいる？　僕は何だ？

わからない。ただ、ひどく眩しい。

もぐり込みたかった。深く湿った場所に。圧倒的な闇に。すっぽりと自分の全てを浸してしまいたかった。

けれど、もう、鵺の森はない。肺を侵食するあの匂いもない。

いつの間にか繁華街まで来ていた。

林立するビルの森の中に僕は立ち尽くした。

無数の窓ガラスが光を反射する。ごうごうとビル風がぬけていく。

乾いた森の隙間から空が見えた。それは、ひどく薄かった。

どこかで心臓を縮ませるような羽音が聞こえた気がしたが、行き交う人のざわめきにすぐにかき消されてしまった。

カドミウム・レッド
白雪姫

「あなたはなんだか胸をざわつかせるものを描くわよね」

　はじめて絵を見せた時、そう言われました。わたしがまだこの美大の学生だった頃のことです。美智子《みちこ》先生によると、絵は鏡のようなものだそうです。自らの隠そうとした真実までも映しだす、と腕を組みながら言いました。

　わたしは「そうですか」と微笑《ほほえ》みました。わたしはいつだって笑います。ざわついているのはわたしの胸ではないからです。もっとも、わたしはざわついたところで、やっぱり笑いますが。

　絵を描くことが特別好きだったわけではありません。ただ、叔父《おじ》が画家だったので、小さい頃から描くことには慣れ親しんでいました。そのせいで、いつの間にかこの美大にいたのです。けれど、まわりはそうではないようでした。わたしは正直ここに来てびっくりしました。あまりに学生が個性を主張するからです。皆、他人に興味ないふりをして服装だの趣味だのにこだわって自分らしさを確立しようとしていますが、その実、作品も本人も呆《あき》れるほどに紋切り型なのです。けれど、そんな様子が見ていてとても面白かったのです。面白いというより戒めになります。

　ここには特別であろうとする自意識や自尊心が渦巻いています。学生にはそれをとことん煮詰めるだけの時間が充分にあります。それを眺めるのは悪くありません。怒り狂った人を見ると変に心が静まるように、学生たちの自意識過剰ぶりを眺めていると自我とは何かがくっきりと見えてきます。そういう意味でここは自己表現を学ぶには最適な場所ではないでしょうか。

そんな理由もあって、わたしは事務員としてこの美大に残りました。時々、臨時講師としてやってくる叔父の助手を務めたりもします。美智子先生のデッサンの授業にも顔をだしてちょっとした雑用をします。

美智子先生は叔父の奥様です。元々は叔父の教え子だったので、まだ三十半ばぐらいのはずです。美智子先生は叔父と違って、まだ画家として名が売れてはいないので、大学で講師をしながら絵を描いています。

美智子先生は自分のアトリエにいる時はいつも鏡を眺めています。きちんと背筋を伸ばして、鏡の冷たい光をじっと覗《のぞ》き込んでいます。彼女は自画像を描いているのです。キャンバスの中からは逆三角形の整った顔をした女性がまっすぐこちらを見ています。でも、それは清潔とか隙《すき》がないといった印象を与えるだけで、美しさからはほど遠い気がします。

「もう、みんな帰った？」

美智子先生が鏡を覗き込んだまま言いました。わたしは教室をちょっと覗きました。

「帰ったみたいです。提出されているデッサン持ってきましょうか？」

「いいわ。明日にする。今日は自分の絵に集中したいから」

そう言うと美智子先生はため息をつきました。

「絵が好きだからって美大にきても、どうせみんな卒業したらなんだかんだ理由つけてやめていくのよね。石にかじりついてでも続ける子なんてほとんどいない。たまに教えるのが嫌になるわ」

たまにではありません。美智子先生はいつだって学生への文句ばかり言っています。美智子先生はとても努力家なのです。美食家の叔父のために料理教室に通い、三十代になってからは体の線が崩れないように水泳とヨガを続けています。化粧だって洋服だって気を遣っているはずです。目標を明確に持って、それに足りないものを努力で補おうとする姿勢が当たり前だと思っているのでしょう。そこそこ綺麗な人に多いタイプです。

「あなただって」

矛先がわたしに向きました。

「有名な画家を叔父に持って、小さい頃から絵を描いていたのに、今は事務なんかやっている。どうして描き続けなかったの？　あなたの絵、私は嫌いじゃなかったわ、どこかしら妙なところがあって面白かったのに」

「どうしてでしょうねえ、コーヒー淹《い》れますね」

わたしは笑顔でホーローのポットをストーブの上に載せました。「あと、あれは事務局からです」とテーブルの上に置いたファイルを指しました。美智子先生は鏡越しにちらりと見ると、「ありがとう」とそっけなく呟《つぶや》きました。

「明日、あの人来るみたいだけど、あなたに顔をだすように言っていたわ」

知っています。叔父とはメールのやりとりをしているので。でも、わたしは「わかりました」とにっこり笑います。そして、黙ったまま美智子先生のコーヒーを丁寧に淹れました。ストーブの灯油の匂いと乾燥した空気はコーヒーの香りとよく合います。

外にでると、つんとした空気にわずかな灰のにおいがまじっていました。そろそろ雪が降るのかもしれません。紺色の空気の中に白い息が漂っています。寒いせいか学生たちの影もまばらです。

わたしは携帯を取りだすと、三人くらいを選んで同じメールを送りました。腐葉土になりかけの落ち葉を踏んで歩いていると、電話がかかってきました。イタリアンの店でシェフをやっている田畑《たばた》さんでした。今日は店がお休みなのでしょう。

「今、どこよ?」

後ろで音楽が聴こえます。くつろいだ声です。

「まだ職場の近く。ごめんね、いきなりメールして。寒いし、帰って一人なのも寂しくなって。ご飯まだだったらどうかなって思って」

「ああ、いいよ。なんか温かいもん食いにいこう。車だしそっちいくよ」

田畑さんとは一か月前に友達の紹介で会いました。遊び慣れた感じで楽な人です。わたしに好意を持っているようで、それを隠そうともしません。わたしも嫌いではありません。自分に好意を持ってくれる異性を嫌う理由はありません。そういう人は多ければ多いほど便利です。いつでも連絡が取れる男性がわたしには常に七人はいます。それだけいれば、毎日誰かはつかまります。

わたしは一人でご飯を食べるのが苦手なのです。一人で黙々と胃袋を埋めていると、地平線をはるかにのぞむような気分になるのです。なぜかよくわからないけれど。そうなってしまうと、地平線のかなたからあれこれと疑問が湧いてくるのです。自分について思い巡らせていると体がだるくなり、何もかも億劫《おっくう》になってきます。ひどい時は生きる意味なんか考えてしまう。なんて、くだらない。だから、一人でなら食べない方がましです。

自分を見つめるのは時間の無駄だと思います。別にあるがままでいいじゃないですか。見えないものをわざわざ探す必要があるのでしょうか。

じっと鏡を見つめる美智子先生を見る度、そう思います。

一度、美智子先生が「どう思う？　綺麗じゃない？」と凝ったデザインの指輪を見せてくれました。自分でデザインして知りあいの彫金師さんに頼んで作ってもらったそうです。「わかりません」とわたしが笑うと、美智子先生は首を傾《かし》げました。

「あなたは綺麗なものがわからないの？」

「しょせん、趣味だと思うので」

そう、わたしが答えると「趣味？」と美智子先生は傷ついた顔をしました。やがて、目を細めて軽蔑《けいべつ》しきった表情を浮かべると、「あなたには美がわからないのね」と言いました。

いいえ、美智子先生、それは美からはほど遠いものです。あなたの求めるものや知っているものはまだ趣味の範囲なのですよ。鏡の中の自分をいくら磨いたってそこ止まりなのです。奇をてらっているだけの自意識過剰の学生たちとなんら変わりはないのです。独りよがりってやつです。

けれど、わたしはそんなこと言いません。やはり眺めて笑うだけです。

ポケットの中で携帯が鳴りました。さっきメールを送ったうちの一人からです。もう今日は必要ありません。鳴りやむまで待って、設定をバイブに変えると鞄《かばん》にしまいました。

校門脇の銀杏《いちょう》並木の下に田畑さんのセダンが停まっているのが見えました。わたしは小さく手をふると、小走りで向かいました。

「描いているか？」

叔父は会う度、そう尋ねてきます。

「ううん」と、わたしは素直に首をふります。

「描かないのか？」

「描きたいものができたら」

「そうだな、それでいいんだろうな、お前は。その方が迫力がでるからな」

「おじさんのお腹《なか》も迫力がでてきたわね」

そう返すと、叔父は愉快そうに笑いました。叔父は昔から生意気なことを言えば言うほどわたしを可愛がってくれます。

「寒くないか？　俺は暑がりだから平気だけど、お前、真っ白な顔してるぞ」

大学の設備は古いので暖房の効きが悪いのです。叔父がエアコンの設定温度をあげました。大きな音をたてて風が吹きつけてきます。

「大丈夫」

わざと小さな声で答えました。エアコンの音で聞こえないのか、叔父が首を傾けます。

わたしは自分のスツールを持って叔父の近くに移動しました。

「昔からわたし、色は白いじゃない。確かに部屋ちょっと寒いけど、唇が青ざめているわけじゃないでしょう？」

叔父がぎょろりとした眼で覗き込んできます。子どもの頃から怖い眼をしていたと、よく父が言っていました。大きな体をゆさゆさと揺らして笑うので親戚《しんせき》の子たちからは慕われていましたが、黙ると誰も近付けない雰囲気がありました。なんというのか、何をしていても眼が妙に静かなのです。じっと見ていると少し気が遠くなる感じです。

けれど、わたしは昔からその眼が好きでした。でも、好きだということも、怖い眼だと噂《うわさ》されていることも知らないふりをして叔父の眼を覗き返します。叔父の前ではわたしは徹底的に無邪気に振る舞います。たとえ、騙《だま》されていると知っていても、わたしに騙されることさえ叔父にとっては愉《たの》しいはずなので。

「赤いな」

「これくらい？」

わたしは机に転がった真っ赤な絵の具に触れました。

「それは毒の赤だぞ、カドミウムが入っているからな」

「毒なの、格好いい」

「格好いいか、確かに極端な色でいいよな」

わたしは掌《てのひら》に絵の具を少しなすりつけると、窓からの日にかざしました。冬の透明な日差しがぱっきりした赤を輝かせます。

「おじさんは極端なものがお好き？」

「一概には言えないが、けっこう人は偏ったものに心を奪われるものじゃないかと思ったりもするな」

「毒とか？」

「ああ、毒はあやうくて、いいな」

「死を連想させるから？　死は極端よね」

「そうだな、極端で純度の高いものだよな。そういうものに触れた時、その人間の本質が表れるんだろうな。死の淵《ふち》を覗いて笑える奴《やつ》がいたら、その笑顔を見てみたいもんだよな」

　とりとめのないことを話しているとドアが鳴りました。

「いるの？　ちょっと絵を見て欲しいのだけど」

美智子先生でした。ちらっとわたしを見て、そして後は叔父ばかりを見て話しました。でていけということなのでしょう。休憩時間も終わりそうだったので、そっと部屋をでていこうとしたら、後ろから叔父の声が追ってきました。

「おい、お前仕事終わったらまたちょっとアトリエに来い」

　ふり返ると、美智子先生と目があいました。涼しい顔に一瞬電流のようなものが走ったのをわたしは見逃しませんでした。

夕方、叔父のアトリエに向かっていると、果物の籠《かご》を抱えた学生とすれ違いました。美智子先生のデッサンのクラスで見かける男子学生でした。細い脚に吸いつくようなぴったりとしたズボンをはいていて、寒々しい感じです。ちらっと目があったので微笑むと、かくかくとした動きで駆け寄ってきました。

「あ、すいません。先生がこれなんとかしてくれって。どこに持っていったらいいかわからないんですよ」

「ああ」と、わたしは笑いました。デッサンに使った果物なのでしょう。美智子先生は果物や切り花が部屋にあるのが堪《たま》らないのです。ものが腐敗していく気配が嫌なのだと前に言っていました。

「いいですよ。わたしが預かりますから」

わたしが手を差しだすと、背の高い学生はかがむようにして籠を手渡してきました。じっと見ているので「果物ひとつ欲しい？」と笑うと、髪をいじりながら「いえいえ」と頭をふりました。あんまり勢いよくふったので細い眼鏡《めがね》が少しずれました。

「また授業きますか？　ほら、なんかたまに手伝いに来てますよね」

学生は眼鏡に触れながらぎこちなく言いました。わたしは頷《うなず》くと「あ、覚えていてくれたんですね」と笑いました。学生はごにょごにょと聞きとりにくいことを呟きました。

時間が気になったので、「また教室でね」と暗い廊下を歩きだしました。叔父はいいかげんに見えて、待たされるのが嫌いなのです。背中に視線を感じたのでちょっとふり返ると、細い影がまだこちらを見ていました。わたしはにっこり笑ってみせます。男の人に好意を持たせることはなんて簡単なのでしょう。

男の人は集団の中のちょっと特別な存在が好きなのです。転校生とか、サークルに新しく入ってきた子とか。美智子先生のクラスで助手をやっていると、ちょこちょこ声をかけてくる学生がいます。美智子先生もきりっとしていて人気があるので、なんだかんだ用事を作ってアトリエに顔をだす学生は少なくありません。美智子先生は迷惑そうにしながらも内心では悪い気はしていません。その証拠にわたしと話している学生がいると、途端に機嫌が悪くなり微妙な表情を浮かべます。そういうマーブル模様のような顔を描けばいいのに、美智子先生は鏡を覗き込む時はいつも澄ました顔をしています。

果物の籠を持って叔父のアトリエに入ると、叔父は目を見開きました。

「なんだ見舞いか？」

「まあそんなものです、美味《おい》しそうでしょう」

「俺は果物なんか食わないぞ」

「じゃあ、わたしが食べます」

画材が散らばった机の上に果物籠を置くと、わたしは昼間座っていたスツールに腰掛けました。

叔父の前には真っ白なキャンバスが立てかけてありました。

「いきなりで悪いが、モデルになってくれないか？」

叔父がとんとんとキャンバスを指で弾《はじ》きながら言いました。わたしが「ヌード？」と笑うと、珍しく慌てた様子で大きな手をふりました。

「いやいや、そのままでいい。一番お前らしい表情で。そうだ、笑ってくれ。小さい頃からお前はいつも笑っているからな。なんかお前はまっすぐなんだよな。てらいがないっていうのか、全《すべ》てを許容しているっていうのか。そんなものが描きたいんだ」

わたしは足をぶらぶらさせながら叔父の顔を見上げました。もちろん微笑みながら。

「これからは週三回くらい大学に来るからさ、お前は仕事が終わったらこのアトリエに来てくれ。あ、もちろんモデル代は払う。どうだ？」

叔父は大きな背中を丸めてわたしの返事をじっと待っています。エアコンの唸《うな》りが部屋を震わせていました。

「お金は要りません」

小さく呟きました。「えっ」と叔父が体を寄せてきます。くすりと笑ってみせます。

「果物を」

わたしは言いました。

「果物をむいてくれる男の人っていいですよね。お金の代わりに果物をむいて下さい」

わたしは籠に盛られた果物を眺めました。洋梨に無花果《いちじく》に紫の葡萄《ぶどう》、渋い色合いのものばかりでした。光沢のある茶色い籠によく調和しています。いかにも美智子先生好みのモチーフです。よく見ると下の方には木の実も入っていました。絵の具で汚れた机を背景にして、まるで元々そこに置くためにあつらえたかのように馴染《なじ》んでいました。

叔父は口をあけたままわたしと果物を見比べていましたが、「そんなんでいいのか」と笑いだしました。わたしは黙って微笑んでいました。わたしが静かなままなので、叔父もしばらくたつと笑い止《や》みました。

「わかった。そんなら、どれがいい？」

「無花果がいい。楽そうだし。でも、手が汚れるでしょうか？」

「かまわんさ」

そう言うと、叔父は戸棚の引きだしからナイフを取ってきました。そして、籠の中から一番大きい無花果を取りだしました。緑と藤色と茶色の混じりあった無花果に、鈍く光る刃をすっと差し込み、くるりと手首を返して真二つに裂きます。中から白い果肉に包まれた桃色のつぶつぶとした塊がこぼれ、白濁した液体がナイフの柄を伝って叔父の袖口を濡《ぬ》らしました。

叔父は気にした様子もなく、目を寄せながら丁寧に皮をむいていきます。元々、服装にも汚れることにもまったく頓着《とんちゃく》しない人です。無花果をむく、ずんぐりとした指にも絵の具が少しこびりついています。

そんな叔父が慣れない手つきで一生懸命に果物をむいている姿は、とてもいい眺めだと思いました。時々わたしは自分の見たい景色を見るために生きている気さえするくらいです。そして、そういう時のわたしは本当に満ち足りた素晴らしい笑顔をしているはずです。

やがて、叔父はおずおずと顔をあげました。わたしは口を軽くあけてみせます。柔らかい果肉のかけらを、叔父が濡れた指先でそっと摘《つま》んで差しだしてきます。わたしは自分の白くなめらかな顎《あご》を意識しながら、首を少し傾けて唇と舌でそれを受けました。

誰かが談笑しながらアトリエの前の廊下を通っていきます。軋《きし》む床の音を聞きながら、わたしは舌でゆっくりと生ぬるい果肉を潰《つぶ》し、甘い汁を飲み下しました。

やがて、廊下の声がすっかり遠くなると、絞りだすように叔父は「うまいか？」と尋ねました。わたしは叔父を見上げながら、にっこりと笑いました。

「最近、あの人わざわざこっちまで来て何を描いているのかしら？」

雪が積もりはじめた頃、美智子先生がわたしをアトリエに呼んで聞きました。

叔父は完成していない絵を人に見られるのが嫌いです。わたしは首を傾げました。美智子先生はわたしに背を向けると、鏡を覗き込みながら言いました。

「あなたも知らないの？　なんか、あなた、しょっちゅうアトリエに出入りしているみたいだけど？　学生が噂していたわ」

「叔父は完成するまでは誰であろうと見せませんよ」

美智子先生は鏡越しにわたしを見つめました。

「そうね、そうだったわね。そういえば、この間この自画像見てもらったのよ」

「どうでした？」

「褒めていたわ」

「良かったじゃないですか」

「まさか。あの人が褒める時はどうでもいい証拠よ。自分の絵にしか興味がないのね。だからこの絵を立派に完成させて見返してやるつもりよ」

確かにキャンバスの中の女性は挑むような目になっていました。けれど、まだ小綺麗なままでした。落ち着いた色彩の中で、首をすっと伸ばしています。面白くない、と思いました。

「先生はいつでも美しくありたいですか？　叔父にそう思われたいですか？」

「女なら当たり前じゃない」

だったら美を意識していることを忘れなくては駄目ですよ。少なくとも美を目指したり、欲したりしている様子が表面にでてしまったら、どうしたってそうは見えないですから。人に美しいと思ってもらいたいならば、見なくてはいけないのは鏡に映る自分ではなく、他人の目に映る自分です。それを、はるか上から見なくてはいけません。

「何を笑っているの？」

美智子先生がふり返りました。

「そんなものかなって思っていたんです」

そんなに頑張らないでにこにこしていたらいいのですよ。何にもしていないのに綺麗だって方が、希少価値が付加されるから得なのに。頑張っているね、なんて評価ではないのです、ただの努力賞なのですよ。他人の思惑なんて小手先のことで操れるのに。その小手先に捉《とら》われているからできないのです。

もちろん口にだしたりはしません。黙ったまま微笑むだけです。

けれど、時々、美智子先生の張りつめた糸をぷっつりと切って楽にしてあげたい衝動に駆られます。それか、極限まで追いつめるか。ああ、どんな顔が見られるでしょう。

「あなたみたいに若いうちは無自覚なものなのよ。けれど、歳と共にそれだけでは駄目になるのよ。きっとあなたにはまだわからないわ。きちんと意識して歳を重ねれば若さが衰えても、内面の輝きみたいなものがにじむの」

わたしは声をあげて笑いそうになりました。内面だなんて他人には絶対にわかりっこありません。自己満足です。他人が見ている内面なんて勝手な妄想にすぎないのですから。あるいは相手によって意図的に見せられているものか。

ポケットの中の携帯が震えました。

「あ、なんか吹雪《ふぶ》いてきそうですね。わたし、そろそろ帰りますね」

美智子先生がふいをつかれた顔をしている間に、さっとコートをはおります。にっこりと会釈して、廊下にでました。

美智子先生が今頃どんな顔をしているのか想像がつきます。恐らくわたしのことを話の通じない子だと思っているのでしょう。

着信は不動産業をやっている大原《おおはら》さんからでした。二回、三回と携帯が震えます。最近、大原さんは会っている時に質問が増えました。「どうして何を聞いても笑っているんだ」と、一昨日食事をしている時に言われました。首を傾げると、「ほら、また」とため息をつきました。たまに、こういう人がいます。深く踏み込まれるのは面倒です。静かになった携帯のボタンを操って着信拒否に設定します。それで、お終《しま》いです。穴のあいた場所はそのうち埋まるでしょう。友人がわたしにつけたあだ名は「レインボー」です。常に七人の取り巻きがいるからです。なぜかその数がここ数年定着していて、いつの間にか意識しなくても自然に維持されるようになっていました。

マフラーを巻いていると、また携帯が震えました。叔父からでした。駅前にいるから飯でも食おうと言いました。寒いのか、声が少し震えています。白く湿った空気が携帯からにじみでているようでした。

わたしは小さく笑います。やはり、あいた穴はすぐに埋まりました。

小さい頃のことです。結露のできた窓ガラスに、わたしは顔を描きました。たいしたものではなく、単純なスマイルマークみたいな顔です。

お正月でした。親戚が家に集まって朝から晩まで食べたり飲んだりして、親戚の子どもたちが半ば強迫的に遊び続けていました。スケッチブックを開くと怒られそうだったので、窓ガラスに絵を描きました。指についた水滴は雪と同じ灰色のにおいがしました。

一番幼い子が突然言いました。

「泣いてる」

なんのことを言っているのかわかりませんでした。皆が口々に「本当だ、泣いてる」と言いだして、やっと気がつきました。窓に描いたたくさんの顔の目のあたりから水滴が垂れて、涙を流しているように見えたのです。「かわいそう」と、わたしより一歳下の女の子が言いました。その子は去年も同じように肩を震わせてそう言っていました。

顔半分が溶けて崩れた雪だるまを見て。

無性に嫌な気分になりました。雪だるまも窓の落書きも何かを思うはずがありません。見た人が勝手に何かを思って押しつけているだけです。モラルがないとかあるとか、綺麗とか醜いとか、優しいとか冷たいとか、許されるとか許されないとか。なぜ人は他人の行動や生きていないものにすら、自分の範疇《はんちゅう》で何かに当てはめようとするのでしょう。

きっと怖いのだと思います。自分が泣いた時に誰かに何も思ってもらえないのが。わたしはその子が人の見ている前でしか泣かないことを知っていました。怪我《けが》をすると皆に見せて回っていました。そうして、自分が弱いということを見せつけて、守ってもらいたいのでしょう。だから世間一般の物差しを重視するのです。それにたよってびくびく生きていく。

美智子先生を見ていると、時々その子のことを思いだします。

わたしには怖いものなんかありません。嫌なものは切り捨てて、次々に好きなことや楽な場所を求めるだけです。決して立ち止まらずに。他人を利用したって悪いことだなんて思いません。悪いと思うから報いを恐れるのであって、思わなければ後ろめたいことは何ひとつありません。

雪が足の下できこきこと鳴りました。片栗粉のようです。小さい頃からこの感触が好きでした。暮れた空がほのかに光っています。ちらほらと綿毛のような雪が漂って、わたしのコートやマフラーにくっつき、ふっと消えていきます。光る小さな水滴になって。雪のようでありたい、と思います。溶けても悲しみも悔しさも感じず、ただありのままで漂うような。誰が何を思おうと、勝手な感情を重ねようと、ただほのかに光っているような。

だから、わたしは笑っていようと思いました。どんな時も。

人はわたしの笑顔にいろんな想《おも》いを重ねます。可愛いだとか、計算しているとか、本心がわからないとか、穏やかだとか。わたしの笑顔はパレットのようです。いろんな色がごちゃごちゃとのせられます。

睫毛《まつげ》に落ちた雪で視界が曇りガラスのようになりました。わたしはふうっと息で溶かすと、叔父の待つ駅へと向かいました。

最近、美智子先生は夕方になるとちょくちょくわたしを呼びだします。きまって叔父が大学に来ている日です。「悪いわね」と言いながら、学生たちの作品をまとめる手伝いや教室に山とある額縁の整理を頼んできます。わたしは笑顔で応えます。美智子先生のデッサンの授業は基礎的な技術を教えるクラスなので、西洋画だけでなく日本画やデザイン、彫刻などの学生たちが入り混じっています。その細眼鏡の学生はデザインを専攻していました。真剣に自分の夢を語ります。学生の頃は自分の可能性が無限に思えるものなのでしょう。

ある日、教室の奥に積み重なったイーゼルを修理にだすよう頼まれました。運ぼうとすると、細眼鏡の学生がかわってくれました。叔父をけっこう待たせていたので、お願いして教室をでようとした時です。

「あ」と硬い声がしました。ふり返ると、眼鏡の奥のぽかんとした眼にぶつかりました。よくわからない、というような表情です。その足元にとたとたと赤が散らばっていきました。

イーゼルから不自然に突きでた鉛色の釘《くぎ》が、学生の親指の付け根に突き刺さっていました。

教室と繋《つな》がっているアトリエのドアを勢いよく開けると、美智子先生は自画像に向かっていました。「救急箱ありましたよね」と声をあげたわたしをふり返る一瞬前、鏡の中の美智子先生の顔が目に入りました。

うっすらと唇がゆがめられていました。眼に宿った光がわたしを見て、静かに消えていきました。

「誰か怪我でもしたの?」

もう、いつもの美智子先生でした。

血がなかなか止まらなかったので、学生はタクシーで病院にいきました。

「大変だったわね、あんなところに釘が刺さっているなんてね。危ないわ」

美智子先生はそう言ってコーヒーを差しだしてきました。叔父のことが気になりましたが、礼を言って受け取りました。

変な味がしました。苦い油のような。アトリエに満ちた精油や樹脂のにおいのせいかもしれません。慣れているはずなのに。

「今からあの人のアトリエにいくの？　あそこで何をしているの？」

美智子先生がコーヒーをひとくち飲んで言いました。涼しい顔をしています。ほっそりとしたパンプスでとんとんと茶色い床を鳴らしています。わたしはそれを眺めながらにっこりとしました。

「ただの雑用ですよ、掃除とか。ほら、叔父はけっこう汚すじゃないですか」

「そうね」と、美智子先生はもうひとくちコーヒーを飲みました。

暗く冷たい廊下を歩いているうちに酸っぱいものがせりあがってきました。ねばねばする汗が背中を濡らします。小走りで叔父のアトリエに駆け込むと、部屋を突っ切り窓に手をかけました。

開くのと、ほぼ同時でした。わたしはぬるい液体を雪の上に吐きだしました。

叔父の手が背中に触れました。

「どうした？」

わたしは口を拭《ぬぐ》うと、微笑みました。

「大丈夫です」

黄褐色の染みが雪をじわじわと溶かしています。美智子先生の眼に宿った光を思いだしました。あの床に散らばった赤い血も。それは、あの毒の絵の具と同じ色でした。


大学は冬休みに入りました。人が少なくて静かなので、叔父はほぼ毎日のように大学のアトリエに来ています。叔父は朝が遅いので、きっちりとした生活をおくる美智子先生とは時間があわないようです。元々、お互いあまり干渉しない約束をしていると叔父は言いました。叔父はクリスマスもお正月も作品にかかりっきりでした。わたしだけは自由にアトリエに出入りしていました。

うるさいエアコンはやめて、ストーブを用務室から借りてきました。その赤々とした火を眺めながら、わたしは微笑み続けました。降り積もった雪でアトリエはすっぽりと包まれていて、夜なんかは闇に浮かんでいるような気分になります。

「昔からお前の笑顔は怖かったよ」

そう、叔父は言いました。

「怒られたって、まわりで何が起きたって、悔しくたってお前は笑うんだ。目を逸《そ》らさずにじっと見て笑うんだ。この先もそうなんだろうか?」

叔父の問いかけには答えなくていいことを知っています。わたしは微笑み続けます。

「そう、そんな感じだ、とてもいい。もっと笑ってくれ」

ここでは、わたしはただありのままでいればいいので楽です。それも、絵が完成するまでですが。絵が出来あがれば、今までは絵に費やしていた時間と情熱がわたしの内面に向くでしょう。そうなれば、きっとバランスは崩れます。

冬の間、ずんずんと積もっていく根雪の中にはいろいろなものが閉じ込められます。誰かが落としたハンカチ、犬の糞《ふん》、スーパーの袋から落ちた林檎《りんご》、子どものおもちゃ。傷むことも腐ることもなく、雪の中にすっぽりと包まれたまま時が止まります。このアトリエのように。けれど、春になると雪溶け水と泥でぐちゃぐちゃになって流れだすのです。毎年、雪の間から崩れたものが顔を覗かせるのを心待ちにしていました。冷静な素顔の奥を知ることができたような気分になるのです。

ふと、美智子先生を思いだしました。トイレにいくふりをして、彼女のアトリエに向かいました。

真夜中のアトリエは青白くひんやりと沈んでいました。雪に反射した街灯の光がほのかにさし込んでいます。美智子先生の自画像は完成していました。きりりとした氷のような目元の女性がまっすぐ背筋を伸ばしています。この部屋の空気はこの絵から放たれている。そう思わざるをえないような絵でした。

「毒が足りないわ」

呟いていました。

わたしは絵の具箱から真っ赤な絵の具を取りだして親指に絞りだすと、ぎゅっと美智子先生の唇になすりつけました。ゆがんだ赤い唇が生きもののようにぬめりと光りました。


ひどく眩《まぶ》しい朝でした。空気中に硝子《がらす》の破片が散っているようでした。

わたしは目を細めながら紅茶をすすり、叔父はまだ背後に夜を張りつかせたままキャンバスを見つめていました。

ふいに静寂が破られました。ドアが尖《とが》った音でノックされました。叔父の返事を待たずに冷たい空気が吹き込んできて、険しい顔の美智子先生が立っていました。

「やっぱり、ここだった。あなたね？」

睨《にら》まれました。今日の美智子先生はとてもいい顔をしています。叔父が筆を握ったまま立ちあがりました。

「おい、邪魔しないでくれと言っているだろう」

「なによ、あなただっておかしいじゃない。ずっと帰ってこないで。だいたい、どうしてあの子はいてよくて私は駄目なのよ」

「俺は誰にも指図される筋合いはないし、誰かを納得させる必要もない。いつも言っているだろう。人の命に等しいくらい価値のある絵じゃなきゃ描く意味はない、と。俺はそれくらいの気構えで描いているんだ。かまわないでくれ」

「私は覚悟が足りないっていうの!?」

「そうじゃない、今は勘弁してくれ」

わたしは言いあう二人の顔を交互に眺めました。しばらくすると、美智子先生は低い声で「はずして」と呟きました。わたしがスツールから立ちあがろうとすると、美智子先生は叔父を睨んで「あなたがよ!」と声を荒らげました。

「あの子に話があって来たのよ」

叔父はちらりとわたしを窺《うかが》いました。なんだか小さく見えました。わたしが笑いながら「いいですよ」と言うと、叔父は手についた絵の具をジーパンに擦《こす》りつけながら立ちあがりました。「煙草《たばこ》吸ったら戻るからな」と美智子先生に向かって言いましたが、まったく聞こえていないようでした。

叔父が部屋をでると、美智子先生はわたしに向きなおりました。

「私の絵にいたずらしたわね」

「どうして、わたしだと?」

「あんな色をあんな風に入れるのは、あなたしかいないわ」

わたしはにっこりと笑いました。

「いたずらじゃないです。手を加えたんです。良く、なったでしょう？」

美智子先生は大きくため息をつきました。自分を落ち着かせようとするかのように。

「やっぱりね、あなたらしいわ、とても悪趣味で。一体……どういうつもりなのか聞かせてもらえる？　ここにだって入り浸りっぱなしで……」

そこで美智子先生は動きを止めました。突然つかつかと部屋を横切り、キャンバスの前に立ちました。そして、そのまま立ち尽くしました。

「怒られますよ」

静かにわたしは言いました。

「なんなの、これは。あなた、何を描いているか知らないって言っていたじゃない」

美智子先生の手が震えています。

「美しいでしょう」

「美しい？　これが？　これのどこが？　今にも腐り落ちそうな女じゃない。白い肌に青い静脈が浮いて死神みたい。なのに唇は内臓みたいでグロテスクだわ。眼もどろんとして、絡みつくような笑みを浮かべて。美しくなんかない、あやういだけよ。けれど、これこそまぎれもなくあなたって感じがするわ」

わたしは笑いました。何を言っているのでしょう。本当にこの人はわかっていません。美智子先生も笑おうとしたみたいですが、声は擦《かす》れて笑いになりませんでした。

「なんで、あなたなのよ。あの人ずっと女性は私しか描かなかったのに。なんで若いってだけで何の取り柄もないあなたなのよ……」

そう呟いて、はっとした顔をしました。笑ってしまいます。そんな驚いた顔をしなくても、そう思っていることぐらいずっと前から知っています。わたしが黙ったままなので、居心地が悪いのか美智子先生は目を逸らしました。

ふと、その目が止まりました。机の上の林檎を眺めています。

「あ、食べます？　むきましょうか？　叔父はいつも果物をむいて食べさせてくれるんですよ」

わたしは近づいて、ナイフを手に取りました。赤い林檎を指先でつついて、美智子先生に微笑みかけます。林檎は光沢を放ちながらゆらゆらと揺れました。

「それとも、自分でむきます？」

美智子先生は林檎とわたしを見比べました。そして、また叔父の絵を見ました。

「あなた、林檎みたいだわ……外は真っ赤でつやつやしていても、むいたらもう身がぼけちゃってずくずくになっている林檎よ。ずれてる……壊れてるわよ、なんでそんな風にいつも笑ってられるのよ。こんな時でもへらへらと。なんで、あの人はわからないのかしら。こんな風に描けるのに、なんで……」

美智子先生は信じているのです。キャンバスは描く人の心を映す鏡なのだと。その人の真に美しいと思うものや、心の中心に居座るものが表れるのだと。けれど、それは違います。結局、価値など見た人が決めるのです。美智子先生が見ているものは、叔父の絵なだけで、叔父の心ではないのです。そこに美智子先生が見出《みいだ》すものは、美智子先生の心の在り方でしかないのです。叔父がわたしに執着しているのではなく、美智子先生こそがわたしの幻影にとりつかれているのです。

そう、美智子先生はいつだって他人の幻影に惑わされているのです。

放心した顔の美智子先生にナイフを握らせました。

「先生、わたし、思うんですよ。本当の美っていきつくところまでいってしまったものじゃないでしょうか？　すごく極端で、純度が高いものじゃないでしょうか？　月や空や地震や津波と一緒ですよ、何も思わずあるがままでいればいいんですよ。先生の自画像なんてわたしがああしなければ、ただ小綺麗なだけですよ。ちっさい自尊心に捉われているままじゃあまりに半端すぎて、わからないのも当然でしょうけど」

耳元で囁《ささや》きました。形の良い白い耳たぶで高価そうな金のピアスが揺れていました。

「この絵だって、気に入らないなら、切り裂いちゃったらいいんですよ。ねえ、好きにしたらいいんですよ」

目があったような気がしました。気がしただけかもしれません。

次の瞬間、わたしの視界は大きくぶれました。揺れる世界の中で、鉛色の刃が自分の体に吸い込まれていくのを、わたしはじっと見ていました。抗《あらが》ったり、悲鳴をあげたりはしませんでした。冷たい金属のぞっとする感触と痛みの中でも、わたしは微笑み続けました。なんだか、これでわたしは完全になったような気すらしました。

顔をあげると、美智子先生が目を見開いていました。よろよろと脚をもつれさせています。逃げようとしているようです。ストーブの方に後ずさりしていきます。細いヒールが引っ掛かりました。ぐらりと美智子先生の体がストーブの上で傾きました。

ストーブの上のやかんがひっくり返ってもうもうと水蒸気があがりました。それを切り裂くような金切り声が響き、美智子先生が長い手足をふり回しました。まるで、不思議なダンスのように。髪が乱れ、顔が引き攣《つ》り、目はむかれています。焦げた匂いが漂ってきましたが、だんだん騒音は遠のいていきました。自分の心臓の音ばかりが聞こえます。けれど、目はよく見えます。わたしはじっと美智子先生を眺め続けました。

虚勢も自尊心も何もかも取り払われた表情。これ以上ないくらいに歪《ゆが》みきった輪郭。それこそ、いきつくところまでいってしまった顔でした。

美しいものが見られました。これで、わたしはまた絵を描けます。

キャンバスでは炎が揺らめいています。その中には苦痛で歪む女性の顔があります。

音のない灼熱《しゃくねつ》の世界です。ただ、色とかたちだけが猛《たけ》り狂っています。
気がつくと、ドアが開かれていて叔父が立っていました。
わたしは叔父に向かってにっこりと笑いかけました。

金の指輪

シンデレラ

「週三回くらいしか入れないけど、大丈夫なの？　君、一人暮らしだよね？」

白いシャツの襟元を緩めながら、男がちらりと上目づかいで僕を見た。顎《あご》の下の剃《そ》り残しが目に入る。

「正社員も募集しているけど」

事務机の上の履歴書を引き寄せながらつけたす。目を細め、ちょっとのけぞるようにして眺める。僕の視線に唇をゆがめて「最近、老眼がね」と言いながら、頭を掻《か》く。袖口に茶色い染みがついている。

「いえ、週三回くらいがちょうどいいんです」

僕がそう答えると、「他に何かやってんの？」と履歴書を見つめたまま言った。

「いろんなとこでやってきたみたいだけど、就職しようとか思わなかったの？　けっこうな大学でてるじゃない。親は君を喫茶店なんかでバイトさせるために、苦労して学費だしたわけじゃないんじゃないの」

あんたに関係ないだろう。それに、僕一人分の学費を捻出《ねんしゅつ》することなんて、あの人たちにはコーヒーを一杯淹《い》れる程度の苦労ですらない。もちろん、そんなことは言わない。髪に白いものが混じりだした人間は、フリーターを宇宙人のように見る。もう、慣れた。僕はちょっと神妙な顔をしてみせる。

「そうですね、申し訳ないとは思っているのですが……やってみたいことがあって。もう少し頑張ってみたいんですよ。もちろんだらだらと好きなことするわけにはいきませんから、そろそろ現実的に自分の将来を考えなくてはとは思っています」

宇宙人が野生動物くらいには昇格したようだ。男は軽く頷《うなず》いて、履歴書を机に戻すと背もたれに寄りかかった。パイプ椅子が軋《きし》む。

「そうだなあ、まあ、若いうちはいろいろやってみたいかもな。でもさ、ほら、歳取《とし》るのなんてあっという間だよ。歳取ったたって気付いた時にはもう手おくれだしさ」

僕は膝《ひざ》の上にのせた手を見つめながら「はい」と頷く。とりあえず何でも迎合だ。

「うん、じゃあ合否は三日以内に電話するから」

男の膝がさっきから落ち着きなく揺れている。煙草でも吸いたいのだろう。

「よろしくお願い致します」

頭を下げて、蛍光灯のちかちかした光に照らされた灰色の休憩室をでる。絨毯《じゅうたん》の敷きつめられたクラシックな店内を抜ける。奥のホールに古ぼけたグランドピアノが置かれていた。庭からの光で飴色《あめいろ》に輝いていて、僕は思わず目を細める。けれど、誰も座ってはいない。

ホールにいる従業員たちに会釈をする。レジの近くに立っている女性の手につい目がいってしまう。ふっくらした甲、短くて丸い指だった。

ふと、面接をした男のもの言いがよみがえる。不快ではない。ただ、無防備だなと思う。彼はひどい見当違いをしている。

僕はお金が必要だからバイトするわけでも、彼が思う今どきの若者というわけでもない。僕には僕なりの事情がある。あえて言わないだけのことで。

たいていの人間は、人はみな同じだと信じ込んでいる。違いを認めたくないのか、想像する余裕がないのか、僕にはわからない。

けれど、人はそれぞれ違うのだ。一体何が手おくれになるというのかわからないけれど、就職ということだったら、僕には仕事をする必要はない。よっぽどおかしなことをしない限り、死ぬまで不自由しないだけの資産が僕にはあるからだ。まあ、天変地異や経済崩壊が起こったら、話は違ってくるのかもしれないが。

目の前にいる二十五そこそこの貧相な青年が、自分の働いている店をいとも簡単に買い取れるほどの資産家だなんて誰も思わない。けれど、そういうこともある。芸能人や著名人といった顔の知られている人間が金持ちなのだと人は思う。それは、違う。見てくれに騙《だま》されてはいけない。

本当の金持ちというものは顔など晒《さら》さない。そして、生まれながらに裕福なので、違う階級の人間にあえて裕福さをひけらかす必要もない。長く続いた家系ほど慎重になる。

彼らは目の前の人間の素性を知るまでは、けっして意見も言わず静かに笑っている。人は生まれながらに違うということは、太陽が東から昇って西に沈むのと同じくらい揺るぎない事実だと知っている。自分の位置をわきまえ、相手の正確な状況や立場を知ること。彼らの世界では、それが最初に身につけるべき処世術だ。

僕はそんな中で育った。

父は明治の頃から続く大財閥の長男で、僕が物心ついた時にはもう老人だった。甘いものが好きで、会うと饅頭《まんじゆう》やこってりとした洋菓子を用意させ、穏やかな声でどこそこの店のものだと説明をしてくれた。職人がひとつひとつ手作りしているような古い店のものばかりだった。

「私が子どもの頃からずっと変わらないのです。静《せい》さん、どうです、美味《おい》しいでしょう」

父は自分の息子も「さん」付けで呼んだ。正直言って、僕はポッキーやポテトチップスといった普通のスーパーで売っているお菓子の方が美味しいと思った。けれど、一見物静かなこの老人が、絶大な権力を持っていることは子どもながらにわかっていたので、気に入られようと笑顔を作って一生懸命食べた。

父は目尻に皺《しわ》を作ってじっと僕を眺めて、ぽつりぽつりとあたり障りのないことを話した。

父にはたくさんの愛人とその子どもがいたそうだが、認知してくれたのは僕だけだった。母は僕が四歳の時に事故で亡くなり、父が引き取ってくれた。本妻との間には息子が三人いて、僕とは二回り以上歳が離れていた。彼らが父だと言われたほうがしっくりくるくらいだ。彼らは父の仕事の手伝いで忙しく、僕に興味などなかった。だが、警戒はしていた。僕が父に一番気に入られていたからだった。

恐らく父は母の面影を僕に重ねていたのだろう。僕といる時は仕事や身分から離れて、くつろいでいるように見えた。父は僕に学業の押しつけを一切しなかった。甘やかすということは、期待もしていないということだ。

僕には生まれついての役目があった。それは、何も起こさないということだった。決して一族に迷惑をかけることはせず、大人しく生きて死んでいくこと。それが、僕の生涯の仕事だった。

「静さん、人は生まれながらにしてそれぞれ何かを持っているものです。そして、何かを持つということは代償を伴うのです。一生をかけて果たさなくてはいけない仕事です。望んでそう生まれたわけじゃないと言う人もいます。けれど、どうせ逃げられはしないのだから、早くに認めてしまった方がいい。その代償をきちんと支払えば、それなりの恩恵は得られますからね」

父はぶつぶつとそう呟《つぶや》いた。きっと父もそういう逃れられない運命を生きてきたのだろう。声音は穏やかだったが、警告のように響いた。

父と兄たちの望むようにしていれば、金銭的に不自由することはなかった。僕には野心など欠片《かけら》もなかったし、あえてそう見えるように振る舞った。変わった奴《やつ》だと思われるように努めた。必死にピエロを演じているうち、それが僕になった感じだ。未来を変えられる人間が感情を持つことには意味があるけれど、もう決まった人生を歩まねばならない人間が感情を持つ必要はない。少なくとも、僕に限って言えばそうだった。

ただ、僕にはもうひとつ仕事があった。それはピアノを弾くことだった。

死んだ母が上手だったそうで、僕にも習わせるようにと言い残して死んだそうだ。引き取られた一週間後にはピアノの家庭教師がやってきた。僕は文字より先に譜の読み方を覚えた。

最初は嫌で仕方がなかった。けれど、父が忙しい合間をぬってはピアノを聴きにきたので、僕は毎日必死で練習した。父に幻滅されるのが怖かった。

中学にあがると、下校途中にある元ピアニストの家に通うようになった。ピアノの先生は細くて背の高い女の人だった。防音のレッスン室は、彼女の金切り声をもらさないために役立っているようなものだった。間違えると、竹の物差しが太股《ふともも》に飛んできた。指揮棒も持っていたのだが、こちらでは絶対に叩かなかった。

レッスンが終わると、娘がお茶を持ってきてくれた。真っ黒な髪に細面の、小動物のように物静かな子で、時々先生に言われて僕と連弾をした。僕より少し年下の子だった。彼女は美しい指をしていた。象牙色の鍵盤《けんばん》の上に彼女がそっと白い指をのせると、ひとりでにピアノが歌いだしそうだった。僕は伏せられた長い睫毛《まつげ》をそっと盗み見た。彼女の母親は娘にも厳しく、レッスン室では自分のことを「先生」と呼ばせていた。彼女はいつもどことなく寂しげで、僕は彼女に母親の面影を重ねた。父がいつも母のことを「少女のような人だった」と言っていたせいで、記憶の中の母はひどく若い女性になっていた。

ある日、僕がレッスンに行くと、彼女がでてきた。先生は急用ができて出かけてしまって、もう少ししたら帰るはずだから待っていて欲しいと小さな声で言った。僕が玄関脇の応接間で待っていると、彼女が紅茶を淹れて持ってきてくれた。そして、隣の一人掛けのソファに黙って座った。

壁にかけられた振り子時計の音がひどく大きく響いていた。彼女はなんだかぐんにゃりして見えた。厳しい母親がいないからか、いつもはぴんと伸ばしている背筋を曲げてソファに体を預けていた。僕は肘掛《ひじかけ》にくったりと力なくのせられた白い手を眺めた。まるで一個の生命体のようにみずみずしく柔らかそうな手だった。

「あのね」

ふいに彼女が言った。

「あの人ね、本当のお母さんじゃないの。私にそう呼ばれたくなくて、いつも先生の顔をしているのよ」

彼女は背もたれに頭を預けたまま目だけを僕にそそいでいた。くっきりした黒い瞳《ひとみ》なのに、その奥はふらふらと揺れていた。

言葉らしい言葉など交わしたこともなかったので、僕は少し混乱した。何と言っていいのかわからなくて黙っていると、彼女は僕を見たまま呟いた。

「あなたの家、とてもお金持ちなんでしょう。けど、なんかあなたも幸せじゃなさそうね。お金があっても幸せではないのね」

そういう彼女の家も随分と裕福そうではあった。けれど、問題がないわけではないのだろう。ふと、親近感を覚えた。自分と同じ空気を感じた。それは生まれて初めてのことだった。

「よく父が言うんだ」

気がついたら、喋《しゃべ》りだしていた。

「こんな言い方は良くないかもしれないけど、速く走れたり綺麗だったりするのと同じで、お金があるのも才能なんだって。けど、それだけじゃ幸せにはなれない。才能があればあるほど、その人に課せられた仕事は人生を縛るものになるからだって」

彼女は首を伸ばして、ソファから身を起こした。

「それって運命は変えられないって意味？」

「そう、何もかももう決まっているんだって。ひどいって思うかもしれないけど、変えられないって思ったら僕は楽になった。何かを望むから苦しかったり悲しかったりするんだと思う。幸せでも不幸でもない、それでいいんじゃないのかな」

彼女は眉間《みけん》に皺を寄せて、しばらく考え込んでいた。やがて、「あなたって変わっているのね」と首を傾《かし》げた。

「普通は慰めたり励ましたりしない？」

「そういうことに意味はない気がする」

彼女は少し目を見開いた。それから、ゆっくりと大きく笑った。暗かった応接間がそれだけでちょっと明るくなった気がした。

「うん、そうかも。そうはっきり言われると、なんだかすっきりするわね」

彼女は黒い瞳で僕を見つめると、「でも」とつけたした。

「そのうち、あなたにも何か望むものができるといいのにね」

僕は妙な息苦しさを覚えながら、彼女の小さな白い手を見つめた。

やがて、僕は他県の大学に進学が決まって、家を離れた。

彼女と話したのはその一回きりだった。彼女が本当に母親と血が繋がっていなかったのかは確かめようもなかったし、彼女が何で悩んでいたのかもわからなかった。今思えば、あの発言は思春期にありがちな被害妄想だったのかもしれない。けれど、あの応接間で僕たちはほんの一瞬通じあったのだ。

その証拠に彼女は一度、僕の家を訪ねてきた。大学二年の時だった。ちょうど父が亡くなった数日後で、僕が遺産についての話し合いを兄たちとしている時だった。家政婦が引きとめてくれたのだが、彼女は伝言も残さず帰ってしまった。

とても暑い日だったのを覚えている。古い屋敷はあまり冷房がきかず、蟬《せみ》の鳴き声に取り囲まれていた。

会社の株も不動産も権利に関するものは何も受け取らなかった。遺産は全て現金で下さいと僕は言った。兄たちは口を揃《そろ》えて、若いうちに大金を手にするのはよくないと言った。僕が使い込んでせびりにくることを恐れたのだろう。僕が遺産を貰《もら》ったらもうこの家に顔をださないし、問題も起こさず一切の関係を断つことを約束するという書面を作ってサインすると言うと、苦笑いを浮かべながら納得した。

正直、そんなにうまくことが運ぶとは思ってなかった。僕の胸には、ぽっかりと穴が空いていた。目の前がふわふわとして、足元が覚束《おぼつか》ない感じだった。

僕は彼女がしばらく座っていたというソファを長い時間見つめた。生ぬるい汗がこめかみを伝い、その他人のような感触に鳥肌がたった。これから一体どこに向かったらいいのか、今までの生き方をどう納得したらいいのか。突然の自由はただただ広大で、僕から考える力を奪っていった。

その時、床で何かが光った。拾いあげてみると、小さな金色の指輪だった。彼女の細いしなやかな指が頭をよぎった。そして、たった一度だけ見た彼女の笑顔を思いだした。あの小さな白い手に触れたいと思った。

急いで彼女の家に行ったが、空家になっていた。近所の人に訊《き》くと、一年前に引っ越したということだった。彼女は僕の父の死を新聞か何かで見て、会いに来てくれたのだろう。

それ以来、僕はずっと彼女を探している。

蒸れた空気を掻きわけるようにしてアスファルトを歩いていると、携帯が鳴った。

「はい」

「おい、静、何してる？」

画面を見るまでもない。僕に電話してくる友人など西澤《にしざわ》くらいしかいない。

「バイトの面接を終えて、ちょっと人に会いに行くところ」

「また仕事変えるのか。大体、お前、バイトなんかする必要ないだろう」

西澤は何でも面白がる偏見のない性格で、僕の素性を聞いても態度を変えなかったので、それ以来わりとなんでも話している。黙っていると、豪快な声で笑った。

「そっか、お前、そうやって探しているんだもんな。それより、お前の曲すごく評判いいんだよ。もう一回頼めないか？　舞台の演出やっている知り合いも作って欲しいって言ってたし」

僕は溜《た》め息をついた。

西澤は映画を撮っている。人に好かれる性格だということもあって、若手ではかなり仕事をもらえている方らしい。性格に似合わず繊細な映画を撮る。

少し前に家で酒を飲んでいる時、僕は自分で作った曲を遊び半分で弾いた。それを彼は気に入り、映画に使わせてくれと言ってきた。別に断る理由もなかったので使ってもらったら、その映画がちょっとした賞を獲ってしまったらしい。そして、僕の曲も注目を浴びることになった。

「僕はプロじゃないから」

「プロになればいい」

「ちゃんと音大行って勉強しなきゃ無理だよ」

「行ったらいい。技術的にも、金銭的にも、お前なら行けるだろう」

僕は少し黙った。西澤は前向きな人間だから、よくこういうことを言う。けれど、僕にとっては地平線のかなたの逃げ水のような話だ。

「まあ、とにかくあの曲は特別なんだよ。すごく個人的なものだし、作ろうと思ってできたわけじゃないし」

ピアノの前で指輪を見つめていると、ふっと温度のない静かな世界に落ちることがあった。鍵盤の上を少女の白い指が滑る。黒い髪の隙間《すきま》からのぞく乳白色の耳、なめらかな頬。連弾の時に盗み見たままの姿だ。その透けてしまいそうな指を追いかけるうちに曲ができた。

「ああ、わかるよ、だからあんなに訴えかけるものがあるんだ」

西澤の弾んだ声に引き戻された。強い日差しが視界を白くしている。

「じゃあ、こうしないか。俺がお前の探している女を見つけてやるよ。映画の話題作りにもなるし、そうやって仕事を転々として探すよりは効率的だろう。で、もし見つけることができたら、また曲を作ってみてくれよ、今度は幸せなやつでも」

すっかり面白がっている。こうなるともう止めても無駄だ。

「ああ、いいよ。あんまり過剰にしないでくれたら」

「興信所とかは使わないで欲しいんだっけ？」

「そう、兄さんたちにばれて変に勘ぐられたら面倒だからね」

「おっし、わかった。約束だぞ」

電話が切れると、暑さと蟬の声がどっと戻ってきた。いつの間にか頰をつたっていた汗を拭《ぬぐ》う。

ポケットから小さな革袋に入った指輪を引っ張りだす。眩《まばゆ》い日差しの下で金が溶けそうに光った。僕の小指の第一関節にも入らないくらい細い指輪だ。彼女がどんな風に成長しているかはわからない。落としていった指輪だけが手掛かりだった。けれど、今までどの女性の指にもはまらなかった。

僕は彼女の白い小さな手を思い浮かべると、指輪をポケットにしまった。

たった一人だけ顔を合わせる肉親がいた。父の姉だ。若い頃、恋人と駆けおちをして一族から縁を切られたのだが、父だけは時折こっそり会いに行っていた。僕が生まれてからは、父は僕だけを連れていった。

笑った顔を見たことがない。蔦《つた》の絡まる煉瓦《れんが》造りの古い洋館に一人で住んでいた。庭は植物が枯れたものも茂ったものもわさわさと重なりあっていて昼間でも暗く、幼い頃の僕には恐ろしい場所だった。父が何を話しかけても、僕がピアノを弾いても、小さく頷いてそっけない返事をするだけだった。昔は明るい人だったのに、心が壊れてしまったのだと、父は悲しそうに言った。

父が死んでからは年に一回、父の好きだった菓子を持って訪れた。そして、黙ってお茶を飲み、ピアノを弾いて、父の命日を過ごした。

僕は予約していた和菓子を店で受け取り、伯母《おば》の家に向かった。毎年、父の命日はことさら暑いような気がする。アスファルトに灼《や》きつけられてしまいそうだった。

ようやく着いた門の前で一息つこうとして、僕は目を疑った。蔦だらけだった門がすっきりしていた。塀のひびも塗り込められていて、壊れっぱなしだった蝶《ちょう》つがいも直っている。表札を確認したが、伯母の名前のままだった。

そっと門を押して中に入る。葉っぱひとつ落ちていない石の小道が打ち水で濡《ぬ》れている。木々も絡まりあうことなく、ゆったりと枝を伸ばしていた。地面には雑草もなく、木漏れ日がきらきらと光っている。奥の方から掘り返したばかりの土の匂いが漂ってくる。僕は引き寄せられるようにふらふらと進んだ。

生い茂る木に遮られて行ったことのなかった庭の奥には噴水があった。その周りに植物で覆われたアーチがあって、たくさんの花の茂みが甘い匂いと蜜蜂《みつばち》の羽音を放っていた。みずみずしい植物で空気はひんやりとしている。僕は呆気《あっけ》にとられて、生き返った庭を眺めた。

その時、後ろでシュッという音がして、鼻の奥がつんと痺れた。手で口元を覆って振り返ると、つばの広い帽子を被《かぶ》った女性が茂みから上半身をだして目を見開いていた。手にラベルのないスプレーを持っている。

「あ、ごめんなさい。気付かなかった」

僕は臭いに顔をしかめながら、ハンカチをだして顔をこすった。

「何ですかこれ、まさか殺虫スプレー？」

「うん、でも大丈夫。私がハーブで作ったものだから危険じゃない。ただ、唐辛子やニンニクが入っているから臭いけど。本当にごめんなさい」

女性が茂みからでてきた。汚れた軍手と長靴にだぼだぼのシャツ、首にはタオルを巻いている。僕のけげんな視線をまったく気にせず、日に焼けた顔で白い歯をだして笑う。

「庭師さんか植木屋さんか何かですか？」

「いいえ、本職は介護ヘルパーよ。今はこの家で家政婦として雇ってもらっているの。でも、庭があんまりだから手入れしていたの」

「この庭、全部あなたが？」

僕は驚いて、あらためて女性を眺めた。服装のせいで中年に見えたが、よく見ると随分若い。すっきりとした面長の女性だった。

「ええ、庭師さんが出入りするのは嫌みたいだから、私が試行錯誤しながらやっているの」

「あの人嫌いの伯母があなたは大丈夫なんだ？」

「私、偏屈な人に慣れているから」

ずけずけと質問しながら、何の自己紹介もしていないことに気付いた。言葉を探しているると、彼女が微笑《ほほえ》んだ。

「あなたは、甥《おい》っ子さんよね。今日はピアノのうまい甥っ子が来ると朝から言っていたわ」

「あの人自分のこと喋るの？」

「ほんのたまにだけどね」

彼女は地面に置いた籠《かご》を持ちあげると、裏口へと歩きだした。慌てて和菓子の包みを差しだす。彼女は嬉《うれ》しそうな顔をして軍手を外したが、少し考えて手を引っ込めた。思わず、その指を見てしまう。節々のごつごつした日に焼けた手だった。平たい爪は短く切られている。

「おばさんに渡してあげて。楽しみにしていたから」

横に並んで歩きだす。人懐っこく僕を覗《のぞ》き込みながら話しかけてくる。

「ねえ、ここの家ってすごく古いのね、裏にお風呂を沸かすかまどの跡とかあるの。どこもかしこもボロボロだけど、造りは丁寧。直しているとよくわかるわ。それに庭もね、きっと昔はとても綺麗だったのよ。この家の窓ね、ほとんどが庭がよく見えるようにつけられているの。すごく愛情を込めて造られているのね」

彼女の言う通り、手入れのされた家には慎《つつ》ましい上品さが漂っていた。庭が整えられたせいで、窓からのふんだんな光に満たされている。

伯母は相変わらずにこりともしなかったが、窓のそばの揺り椅子に座って目を細めたりしていた。年々小さくなっていく気がする。

彼女は庭で採ったというレモンの香りのするハーブ茶を淹れてくれた。立ち居振る舞いがすごく自然だった。何かが欲しいと思って探す前に、すっと手元に差しだしてくれる。

それでも、伯母はぶつぶつと聞きとれないくらいくぐもった声で彼女に小言を言った。その度、彼女はにこにこと頷いた。

帰り際に門まで送ってくれた彼女に尋ねた。

「いつもああなの？」

「うん、いつも文句ばかり言っているわ。けどね、長く生きた人はそういうものなの。甘えているんだと思っているわ」

後ろでひとつにまとめた髪を見ながら、「偉いね」と僕は言った。門の扉に手をかけると、彼女はちょっと困った顔をして振り返った。

「偉そうなことを言っているけどね、やっぱり単に慣れなんだと思う。私の母がね、とても気難しかったの。私はそれに知らず知らず慣れちゃっていたのね。一人になった時、もう誰も私に厳しくしないいんだと思ったら、ぽっかり穴が空いたの。それで、結局、この仕事を選んだの」

彼女は真剣な顔をして僕を見上げた。不安そうなその顔は指輪の少女と似ている気がした。

「そういう人生の選び方って後ろ向きだと思う？」

僕は唾《つば》を飲み込んで、やっと言葉を引っ張りだす。

「いいや、思わない。人は生まれや育ちからは逃れられないから。けど、それは悪いことばかりじゃないと思う」

「同じ」と彼女は笑った。「私もそう思うし、現状に満足もしている」

「じゃあ、何で訊いたの？」

「なんとなく、あなたならそう答えてくれそうだったから」

ふいに、この人が探していた指輪の主なのではないかと思った。あの時に感じた親近感が胸を苦しくさせた。けれど、門にのせられた手は、どう見てもあの華奢《きゃしゃ》な手とは違っていた。

僕は礼を言うと、暮れだした道にでた。彼女は「ちょっと待って」と庭の小道を走っていくと、傘を持って戻ってきた。

「夕立ちがきそうだから」

見上げると、空の端が重かった。鉄の門が湿気でべたついている。僕は傘を受け取った。彼女はエプロンをつけたまま、しばらく門の前で見送ってくれた。

西澤はどんどん女の子を連れてきた。彼女たちはみんな、きちんとした服装をした可愛い子ばかりだったが、自分の考えを話さない子が多かった。ピアノのことばかりを話題にしては、しきりに褒めてくれた。誰も口にはしなかったが、僕の素性についても知っている感じがした。西澤が喋ったのだろう。

人形のような女の子たちに囲まれながら、伯母のところにいた女性のことを考えた。彼女には人の気持ちを楽にするところがあった。確か伯母は笹原《ささはら》さんと呼んでいた。それはピアノの先生の苗字とは違った。そして、僕がピアノを弾いても上手だと言う以外の反応はしなかった。

思い出の中の少女はどこか儚《はかな》げで、あのしっかりした笹原さんとは似ても似つかない。きっと、彼女の作業に馴染《なじ》んだ指には、この金の指輪ははまらないだろう。

僕はふざけたふりをして、女の子たちに言う。

「ねえ、指を見せてよ」

女の子たちは高い笑い声をあげながら、手入れのされた綺麗な手をテーブルの上に揃える。色とりどりに塗られた爪が宝石のように輝く。僕はそっと指輪を取りだす。

「ぴったりはまったらいいものをあげるよ」

金の指輪の小ささに女の子たちの笑顔がひきつる。そう、本当に小さな指輪なのだ。無理矢理に薬指にはめられても、石鹸水《せっけんすい》で滑らせなくては抜けないくらい小さい。みんな指に赤い跡をつけるだけで、ぴったり根元まではめられる子はいない。「こんなの無理！」と怒りだす子もいる。いつものことだ。

西澤と僕はその光景を眺める。そして、僕は小さく溜め息をつき、西澤は面白そうに目を輝かせる。

女の子たちから指輪を返してもらうと、ほっとしたものが胸に広がる。体温でぬるくなった指輪を、癒やすように拭《ふ》いて革袋にしまう。

西澤はそんな僕を見て、小さな声で笑いながら言った。

「お前、本当はその人を探しているんじゃなくて、指輪に憑《つ》かれてるんじゃないのか」

数日後、僕は傘を返しに伯母の家に行った。

笹原さんは庭で水やりをしていた。「手伝おうか」と声をかけると、「じゃあミントを摘んで」と言われた。どれがミントかわからなくてうろうろしていると、くすくすと笑う。

「そこらへんの葉っぱをちぎってみて。ミントの匂いがしたら当たりよ」

僕がいくつか葉っぱをちぎって見つけると、笹原さんもやってきて一緒に摘んだ。伯母は昼寝をしていると言った。暑い季節は寝てばかりだそうだ。

ざるにいっぱい摘んだミントを持って勝手口から台所に入ると、盥《たらい》に張った水につける。ここの台所はとても広く、床は石造りだ。きっと冬は寒いだろう。笹原さんは「ミントシロップを作るの」と嬉しそうに言いながら、今度は流しやコンロを磨きだした。洗濯室の方をちょっと覗いたりもする。

「毎日、古い家と老人の世話ばかりしていて嫌にならない？」

そう訊くと、手を休めず笑った。

「家事ってね、毎日必ず達成感が得られる楽しいものなのよ。それに、手をかければかけるほど、家は柔らかい空気に満ちていくし、住む人の表情も明るくしてくれる」

確かに彼女の周りには気持ちのいい空気が満ちていた。彼女はまるで楽器を演奏するかのように伸び伸びとリズミカルに体を動かしていた。

「仕事が好きなんだね」

「ええ、きっちり仕事ができると、一日を気持ち良く終えられる。あなたは好きなことはないの？　ピアノは？　プロを目指してたんじゃないの？」

「あんまりそういうことを考えて生きてこなかったからピンとこない。ピアノは義務みたいな感じだったから。名声やお金が欲しいわけじゃないし、あんまり目立つことも許されなかったし」

彼女はちょっとこちらを見た。

「いろいろややこしい家だったからね」

思わず口をついた言葉に苦い気分になる。こんな言い訳がましいことを言っても仕方がない。彼女だって育った環境に不満がなかったわけじゃないだろう。それでも、自分に合った仕事を見つけて満足そうに生きている。

「でも、あなたの曲は認められた」

笹原さんの声に顔をあげると、澄んだ瞳でこちらを見ていた。

「映画に使われた曲のこと？」

「そう、表現することが許された。芸術ってその人の生き方や主観がそのまま正解になる数少ない場所でしょう。あなたはもう自分の感覚で捉《とら》えるものを答えと信じて、好きに生きていいってことじゃないかな、うまく言えないけど」

好きに生きるとは何だろう。黙っていると、彼女は流しに目を落としてゆっくりと言った。

「あなたのピアノは不思議な音がするわ。光でできているみたいな。もろくて切ない。あなたは何を求めているんだろうね」

僕が求めているのは指輪の主だ。けれど、その先のことはわからない。ただ、昔の僕を肯定してくれたのはあの少女だけだった。この想いを何と呼ぶのかわからないけれど、あの白い手に触れられれば、ぽっかりと空いた穴を埋められる。きっと、望む生き方も見つけられるはず。全てはそれからだ。

コンロに大きな鍋をのせる笹原さんの横顔を眺めた。僕はあんな風に生き生きと笑うことはできない。きっと僕は彼女と違って、一人で空洞を埋めることはできないのだ。


理由を作っては伯母の家に行くようになった。

そして、力仕事などを手伝った。僕などよりずっと笹原さんの方がそういうことに長《た》けていたが、迷惑な顔はされなかった。手すりや窓枠をワックスで磨いたり、一緒に苗を買いに行ったり、土をふるいにかけて小石を取り除いたりした。

笹原さんはしっかりして見えて子どもみたいなところもあった。ボリジという青紫色の花でアイスキューブを作っては、冷凍庫をいっぱいにしていた。伯母に作りすぎだと怒られるのだけど、その星形の花を見るとつい摘んでしまうと、困った顔で笑っていた。眩い光の下で茶色い瞳が輝く。

笹原さんの周りには現実の匂いと確かな感触があった。土や埃《ほこり》に汚れることすら、僕には新鮮だった。労働で汗まみれになった体をざぶざぶと洗うと、清々しい気分になった。生き返った庭の植物たちのように、自分の細胞も生まれ変わっていくようだった。

けれど、殺風景な自分のマンションに帰ると、それはとても遠いことのように思えた。

　ピアノの前に座ると、白い指の少女がそっと現れる。彼女はひっそりと美しく、木漏れ日の中で弾《はじ》けるように笑う笹原さんとは全く違う世界にいた。それを思う度、金の指輪はきつい光を放った。

　西澤はせっせと指輪の噂を広めているようだった。たくさんの女の子が指輪を試したいと名乗りでて、そのうち、手のモデルやピアニストまで来るようになった。何百という指が僕の前に差しだされた。僕は段々息苦しくなってきた。やってくる女の子たちはどこかあやふやな感じがして、ピアノの傍で佇《たたず》む少女と度々ぶれた。似た雰囲気の女の子が現れる度、手にじっとりと汗が滲《にじ》んだ。

　ある日バーで飲んでいる時、これ以上噂を広めないでくれと西澤に頼んだ。絡みついてくるようなジャズが流れていて、体を重くさせている。西澤は首を傾げた。

「どうしてさ。だって、お前探しているんだろう。初恋の人を想って曲まで作って、今もずっと探し続けているなんてなかなかない美談だぞ。その上、若くして金持ちだなんて、そりゃあっという間に広まるさ」

「でも、あんまり多くの人が現れて、もし指輪が合ってしまったらどうするんだ」

　西澤はグラスの氷をからからと回した。

「そしたら、願ったり叶ったりじゃないか。その子と幸せになったらいい。俺も曲を作ってもらえる。それとも、もしや他に好きな人でもできたのか」

僕は目をそらした。

「そういうわけじゃない。一緒にいて安心できる人はいるけど、彼女には指輪は合わないし、探している子と全く違うタイプなんだ」

西澤は笑って「いい方法があるぞ」と言った。

「指輪に合わせて、その子の指の肉を削ったらいい」

僕はぎょっとして、西澤の顔を見た。いつものふざけた笑顔ではなかった。

「そうしたら、お前は満足なんだろう」

「まさか」

「俺には、その子が指を削ってくれるのを待っているようにしか見えないけど。お前、よく言っているじゃない。何かを得るってことには代償が必要だって」

「その見方はあんまりだろう」

そう呟いたが、西澤の目を見られなかった。目の前のグラスの茶色い液体がどろりとして見えて、飲む気が失せた。しばらくして、西澤はのんびりした声をだした。

「それとも、ありもしない理想を追い求めるのが趣味なのか」

「理想」

「そう、指輪はお前の理想だよ。現実じゃないからな、そりゃあ完璧だよ。お前だけじゃない、みんな何らかの形で持ってるけどな。けど、それを求め続ければ、周りに強いることになる」

「もう、よくわからないんだ」

僕は正直に言った。というより、声がもれていた。

突然、西澤の携帯が鳴った。西澤は光る画面をちらりと見ると、ポケットに押し込んだ。

「なあ、目の前のことを無視して、律儀に昔の誓いを守る必要は本当にあるのか？　俺は別にお前が女の指を削っても、すごい偏執的な人間でも気にしないよ。本当に心の底からそれを望むのであれば、な」

西澤はにっと笑った。

「悪いけど、行かなきゃならない。お前は？」

僕が「もう少しいる」と言うと、「そうか」と頷いて暗い店をでていった。

西澤のグラスが下げられる。カウンターに落ちた水滴が白い指に変わっていく。闇に溶ける髪、哀《かな》しげな微笑み。ピアノの音に揺れる輪郭。確かに少女は完璧だった。もう僕には本当の少女の顔を思い描くことができない。

僕はしばらくスツールから動けなかった。

次の日、僕は伯母の家に向かった。

笹原さんはいつものように首にタオルを巻いて、木陰で草むしりをしていた。近づくと、立ちあがり腰を叩きながら伸びをした。梢で鮮やかな赤紫の花が揺れる。花を見上げて「サルスベリだっけ」と問うと「正解」と笑った。鼻の頭に汗の玉ができている。

「笹原さんに教えてもらうまで、サルスベリって名前のせいであか抜けない植物だと思っていた。こんなに綺麗だなんて」

「ひとつのイメージで決めつけちゃ駄目よ。こっちの名前もあるんだから」

笹原さんはしゃがむと、スコップの先で土に「百日紅」と書いた。

「長く花が咲くからだって。幹を見てつけた名と、花を見てつけた名、でも同じ植物」

そう呟くと、笹原さんはまた草むしりを始めた。手に合わせて動く肩の筋肉も、服に滲んだ汗も、全て現実そのものだった。その後ろ姿をしばらく見つめて、僕は息を吸い込んで声をかけた。

「笹原さん」

笹原さんは眩《まぶ》しそうに僕を見上げると、首を傾げながら立ちあがった。目の前に金の指輪を差しだす。彼女は目をちょっと細めて見ると、「小さな指輪ね」と言った。そして、泥に汚れた手をぴらぴらと振った。

「落とし物？　私のじゃないわ。こんなごつごつした手には無理だもの」

「突然だけど、ひとつ話を聞いてもらってもいいかな」

笹原さんが頷くのを確認して、僕は今までのことを話し始めた。生まれた家のことも、ピアノを習いだしたわけも、ピアノの先生の娘をずっと探していたことも。曲を作ったせいで、たくさんの女の子が指輪を合わせるのに名乗りでたことも。昨夜、友人に言われたことも。

笹原さんの笑顔がゆっくりと真剣な顔になっていって、僕は足元を見ながら話した。ずっと指輪を落としていった少女に再会したかった。彼女に会えれば、新しい生き方ができると思った。けれどそれも、自分を保つための逃避だった気がする。

でも、本当はもう望むものは見つかっていた。やっと気付けた。だから、もう指輪は必要ない。形はいらない。

そこまでたどたどしく言うと、言葉が途切れてしまった。笹原さんは黙っている。

「この指輪はもう必要ない」

もう一度そう繰り返す。

「あなたの手に合った指輪を作ればいい。それだけのことだったんだ」

指輪を投げようとした。その手を、そっと笹原さんが止めた。金の指輪をつまんで太陽にかざす。大きな入道雲が青い空に張りついていた。

笹原さんはにっこりと笑うと、「肩をかして」と僕の肩に片手をかけた。そして、片足で立ってスニーカーを脱ぐと、靴下も脱いだ。明るい日の光の中に、真っ白な素足が現れた。形の良い小さな足指が並んでいる。

笹原さんは薬指をつまむと、金の指輪を滑らせた。ぴったりとはまっていた。

僕の顔を覗き込んで笑う。

「こうしたら、はまるでしょう?」

僕は改めて笹原さんの顔をじっと見つめた。しっかりとした茶色い瞳が輝いている。鮮やかな花のような笑顔。肩におかれた手にそっと触れる。髪からは太陽と花の蜜の匂いがして、鳥の声と虫の羽音が柔らかく響いている。

「トゥリングって知らない? これはきっと足の指用なのよ、だから小さいの。本当は誰にでもはまるものだったのよ。ただ、あなたが望まなかっただけで」

笹原さんが耳元で囁《ささや》く。頭上では、赤紫の花たちが誇らしげに咲いている。言いかけた言葉を小さく笑って打ち消す。今や目に映る何もかもがくっきりとしていた。

彼女の白い足指で金色の指輪がちかりと光った。

凍りついた眼

マッチ売りの少女

お隣の女の子が死んだのは、確か中学校にあがる前だった。

真新しい学ランは喪服になってしまった。硬く冷たい襟が首に食い込んだ。

名前は忘れてしまった。五つか六つの小さな女の子だった。短いスカートで土の上に座って、いつも砂遊びやままごとをしていた。真っ赤な頬をして、笑うと前歯がひとつ欠けていた。何のためらいもなくじっと私を見つめる黒い眼が煩わしかった。

ある雪の晩、帰ってこないと騒ぎになって、雪解けの頃に見つかった。

女の子はどこにも行ってはいなかった。彼女は自宅の軒下の雪に埋まっていた。

まだ結露の多い家ばかりだった時代だ。冬はどこの家の軒下にも大きなつららができていたし、それで怪我《けが》をしたり、屋根から落ちてきた雪に埋まってしまったりする人は、雪国では珍しくはなかった。

女の子が埋まっていた軒下は、ちょうど私の部屋の向かいだった。

窓からいつも女の子が遊んでいるのが見えた。

暗い葬式だった。小さな棺桶《かんおけ》の蓋はぴったりと閉じていて、女の子の顔は見えなかった。雪の下で一体どんな顔をして、彼女は息絶えたのだろう。小さな棺桶の中から、女の子がじっとこちらを見ている気がした。春だというのに、やけに背中が寒かった。

私たち一家が手を合わせようとした時、戸が鳴った。強い風が入ってきて、蠟燭《ろうそく》の火が激しく乱れて消えた。

ポケットからライターを取りだした父を見て、母は眉間に皺《しわ》を寄せた。

「駄目よ、こんな時、ライターの火なんて」

白い母の手が伸びて、しゅっという音と共に辺りがぼうと明るくなった。

マッチの火は青かった。

その時、私は見た。

透明な氷に覆われた女の子の白い顔が、暗闇に浮かびあがったのを。

青紫に染まった唇。凍りついた睫毛《まつげ》。

けれど、青い火は母の手のひと振りであっという間に消え、白いゆるやかな線となった。

煙は行き場を失って迷うかのように揺れて、やがて消えていった。

少女が慣れた手つきでマッチを擦る。

しばらく目の前に掲げる。それから、そろそろと手を伸ばし、鏡台の上の香に火を灯《とも》した。唇をすぼめて火を吹き消す。

焦げた匂いが鼻に届いて、雪に埋まった女の子の思い出が脳裏をよぎった。

あの時と同じような白い煙が少女の前で揺れている。

「珍しいね」

声をかけると、少女が驚いた顔で振り返った。小さな橙色《だいだいいろ》の点から、甘ったるい匂いが流れてくる。

「いや、マッチ」

少女がほっとした顔で笑う。幼さの残る表情だった。俯《うつむ》いて、ベッドに腰かける。その横に、ティッシュペーパーや避妊具の入った籠《かご》が置かれた小さなテーブルがある。それ以外は古ぼけた鏡台しかない薄暗い部屋だ。息苦しいくらい狭い。いや、息苦しさはなにも部屋のせいだけではないが。

壁につけられた小さな照明がぼんやり光っている。赤い覆いのせいで部屋も赤く染まっている。

「座らないの？」

入ったところで立ち尽くしたままの私に少女が尋ねる。

私はそろそろとベッドに腰かけた。せっかく空けた隙間を少女がつめてくる。ベッドが軋《きし》んで、太股《ふともも》の上で組んだ自分の手が上下に揺れた。

「マッチの本数でね、数えてるの」

「何を？」

「お客さんの数。最初の頃、ここが嫌で嫌でたまらなかったの。そしたら、たくさんお客さん取ったら出ていけるよって言われて。どれくらいって訊《き》いたら、お店の人がマッチの箱を持ってきて積みあげたの、これがなくなるまでって。あれがね、最後のひと箱なの」

少女は嬉しそうに鏡台の上のマッチの箱を指差した。鏡に映った自分の姿が目に入る。目を逸《そ》らして、ポケットから煙草を取りだす。

「自由になったらね……」

「君はいつからここにいるの？」

私は少女の言葉をさえぎった。少女は首を傾《かし》げて、小さく呟《つぶや》いた。

「もう、わかんない」

思いついたように立ちあがり、私の背広を脱がそうとする。慌てて、その小さな手を振り払う。座っているようにと手で示すと、いぶかしげな目を私に据えたままあとずさり、テーブルから灰皿を持ってきて私の横に置いた。

そっと私の前に立つ。平らな身体から真っ直ぐな手足が伸びている。身体のどこにも女性らしいふくらみなどなさそうだった。顔から表情が抜けて、唇だけがぎこちなく笑った。

「脱ぐ？」

「いや、いい」

「じゃあ、おしっこするとこ見る？」

私は横を向いて溜息《ためいき》と煙を吐きだした。

「違うんだ。私はお客さんじゃない。勘違いされたんだ。君は何もしなくていい。大体、君は未成年だろう。まだ化粧だってしない歳《とし》のはずだ」

少女は貼りつけた笑顔のまま薄く首を揺らした。

「もう十九だよ」

「嘘《うそ》だ」

「嘘だけど、つきたくてついてる嘘じゃない」

そう言うと、もたもたした動きでベッドに戻ってきた。背中を丸めて座る。湿気のこもった部屋だった。換気しようにも窓がない。香の匂いと煙がどんどん満ちてくる。私はネクタイを緩めた。少女は私の動きを目で追っている。透明度のたかい眼をしていた。私の眼はもうあんな風には光らないだろう。

こんな子供が身体を売っているなんて痛々しいことだ。けれど、私は悲惨な現実に憤りを覚えるほど正義感のある人間でもなかった。社会に期待もしていない。それより、明らかに非合法なことをしているこの店の黒幕が恐ろしかった。とんだところに連れ込まれてしまった。揉《も》め事を起こさず、身分も握られず、時間が過ぎたらさっさと立ち去りたい。私は財布から免許証や保険証やカードを取りだして、名刺と共に背広の内ポケットに押し込んだ。

怯《おび》えた眼をしたままの少女に尋ねる。

「あの線香が燃え尽きたらお終いなんだろう?」

少女は膝《ひざ》を抱えて頷《うなず》いた。

「時間分のお金はちゃんと払うから、君はそれまで好きにしていたらいい」

「何もしなくていいの?」

「ああ、寝ていたって構わない。本当に勘違いされただけなんだ」

「チェンジもしないの? ここには他にも女の子はいるわ」

「しないよ、こういうところは苦手なんだ」

それは本当だった。私は水商売の女たちが苦手だった。ギラギラした化粧や服、絡みつくような喋《しやべ》り方や空気は私を落ち着かなくさせた。絶え間ない笑い声がその不穏感を膨張させる。何か喋らずにはいられないのか、こっちも気の利いたことを言わなくてはいけないような気がしてきて焦る。

何より、ちらりとこちらを値踏みするような視線が見え隠れする度に酔いが醒《さ》めた。そういう女たちといると、自分が男という薄っぺらな小冊子の中に綴《と》じられてしまったような気分になった。彼女たちの眼の奥に嘲《あざけ》りの色が浮かんでいるように思えてならない。

それでも、仕事のうちだと割り切って愉《たの》しんでいたつもりだった。妻の一言があるまでは。

妻は取締役の姪《めい》だ。その一言が彼女との関係を説明しているとも言える。親族中心に動いている会社で私が接待と判子押しと会議のみの役職に就けているのも、妻と結婚したおかげだった。それに不満はなかった。断れない見合い結婚だったが、嫌いなタイプではなかった。むしろ大人しくて良く気の利く女性で、好感が持てたくらいだった。

ただ役職に就いてからは接待が増え、帰りが朝になることも多くなった。彼女は文句ひとつ言わなかった。それはそれで不安になって、ある日、不満はないのか訊いてみた。

「父もしょっちゅう香水やお酒の匂いをさせて朝方帰ってきたから、慣れているわ」

涼しい顔をして彼女は言った。そして、薄い唇で少し笑った。

「それにね、実は私もしていたのよ、お水。大学生の時にね。親に言えないお金が必要なことってあるじゃない。あなたみたいな人、よくいたわ。付き合いで来ましたって気乗りしなさそうな顔作っているくせに、愉しんでいる」

そう言った時の妻の眼を見てから、愉しめなくなった。妻は自らの夫の本質を見抜いていた。小賢《こざか》しく、卑怯《ひきょう》で小心者。その性根を私がひた隠しにしようとしているのを、心の底であざ笑っていたのだ。そして、私がそれを悟っても何もできないことも知っていた。

それ以来、同じ蔑《さげす》みの色を夜の女たちの眼の中に見つけてしまう。そうなると、何もかもが萎《しぼ》んでいくような気分になった。

いつしか皆が酔いだしたのを見計らって、そっと店をでるようになった。そして、ふらふらと歓楽街を歩いて時間を潰《つぶ》した。街を歩く人々は、けばけばしいネオンに溶けて、意味不明な抽象画のように見えた。

すっかり酔っていたのだろう、気がついたら痩《や》せた男が横に立っていた。

「あんた、よくうろついてるね。こういうのよりもっとヤバいのが好きなのかい？」

男の顔を覗《のぞ》き込んだ。暗くてよく見えない。傍らの用水路から水の流れる音がする。歓楽街の外れまで来てしまっていたようだ。ひと気がない。私たちは枯れかけた細い街路樹の下に立っていた。男には気配というものがなかった。自分の影かと思う程だった。

「まあ、もっと密《ひそ》やかな感じが欲しいのかね」

独り言のつもりだった。けれど、強引に腕を取られて暗い路地裏に引きずり込まれてしまった。抗《あらが》う隙もなかった。民家のような廊下の奥から老婆が現れて、線香を手渡され、気がついたらこの部屋に押し込まれていた。

ベッドの上に座っていた少女が振り返った。暗がりに卵形の白い顔が浮かびあがった。

そっと立ちあがり、近づいてきて私の手から線香を取る。

指が触れた。冷たい指先だった。

そこでやっと酔いが醒めた。

何度か楽にするように諭すと、少女は薄い掛布団にくるまった。

別に眠りたくはないのだけど、指示に従うよう言われているからという感じだった。

骨ばった肩を縮ませながら、じっとしている。

しばらくすると呆《ほう》けたような顔になり、やがて目を閉じた。長い睫毛が影を作っている。

私はやっと大きく息をついた。

大人しい子で良かった。こんなところにいるからにはきっと事情があるのだろうが、なるべくなら聞きたくなかった。どうせまともな話ではないのだろう。このまま、終わりまで眠っていてくれたら何事もなく帰れる。忘れてしまえる。

女性を買ったことはなかった。道徳的な理由より、無様で無防備な自分の姿を晒《さら》したくないという気持ちが強い。どんな状況であれ、人と対面しているというだけで落ち着かない。お金を払ってまで人疲れしたくない。恥をかきたくない。ただでさえ、もういい歳になったというのに今でも人前で話すときに早口になったり赤面してしまったりする。その度、必死で取り繕い、苦い気分に苛《さいな》まれる。

香の煙が部屋をくすませている。香はたゆむことなく静かに煙を吐きだしていた。深くベッドに腰かける。

線香とは面白い手だなと思った。混ぜものや空調によっては早く燃焼させることもできるだろうし、お客に見つからないように折って時間を減らすこともできるだろう。客が時間を計ることもできない。それに、何となく雅《みやび》でなまめかしくもある。けれど、相手があんな年端もいかない子供では興も醒めるような気がするが。それとも、ここは少女専門の店なのだろうか。

少女を眺めた。口を少しあけて完全に眠っている。上体を傾けて覗き込んでみる。やっぱりまだ子供だ、高校生にすら見えない。化粧が痛々しく浮いている。明るすぎる口紅が口の端にはみでている。髪は私の乾燥しきった髪と違って、エナメルめいた光沢を帯びていた。

それにしても、人の顔というものを久々にまじまじと見た。

つややかな頰が赤い光で照らされている。下唇にささくれが見える。透明な産毛。小さな鼻。その鼻の横にこれまた小さな黒子《ほくろ》がある。

まぶたが時折、ぴくぴくと動いた。毛細血管が透けた薄いまぶただ。ひらきそうで、ひらかない。

こちらを見返さない眼とは、なんという安らぎなのだろう。

ずっと閉じたままならいいのに。

いつの間にか少女のまぶたに魅入られていた。震える肉の盛りあがりから、目を逸らせなくなっていた。

その時、ドアが叩かれた。思わず、立ちあがっていた。

「お客さん、時間過ぎてるよ。延長するのかい？」

さっきの老婆だろう、しわがれた声が聞こえた。鏡台の上を見ると、香はすっかり灰になっている。

「いや、でるよ」

慌ててそう答えて、ドアを開ける。老婆が立っていた。

廊下へでようとした私の袖が引っ張られた。

いつの間に起きたのか、後ろに少女が立っていた。眉毛を下げながら、私を見上げている。

「また、来てね」

「ああ」

私は嘘をついた。

「約束だよ」

手が離れた。少女は笑ってドアを閉めた。老婆がちらりとこちらを見る。

気まずさを感じて、私は老婆に話しかけていた。

「線香で時間を計るなんて変わった趣向ですね」

老婆は軽く顎《あご》を揺らすと、暗い廊下を歩きだす。来た時は気付かなかったが、部屋は他にもあるようだった。曲がりくねった廊下がいくつか繋がっている。天井に明かりはなく、足元で照明が小さく光っているだけだった。屋敷は寒々しく、かなり広そうだった。部屋は防音になっているのか、物音ひとつしない。ふと、不安がよぎる。

「でも、どうやって時間が終わったのに気がついたんですか？　彼女は寝ていたんですよ。まさか隠しカメラとかついてないでしょうね」

緊張した声になっていたのだろう、老婆が喉《のど》の奥でくくと笑った。

「こんなとこにそんなハイテクなものがあるかい。昔ながらのものしか、ここにゃないよ」

「まさか、覗き穴があるのか？」

私の問いに老婆は答えなかった。すっと道をあける。

玄関に着いていた。黒い石の上に私の靴がひっそりと置いてあった。老婆が靴べらを差しだしてくる。

しゃがみ込んだ私の頭上に低い声が降ってきた。

「お望みなら、そういったものもお売りできますがね……値は張りますよ」

うって変わって丁寧な物言いだったが、妙な威圧感があった。

「ここではね、払うものさえ払ってくれたら、殿方のどんな夢だって御用意することができるんですよ」

私は恐る恐る顔をあげた。

老婆は口を歪《ゆが》めた。口の周りの皺が生き物のように動く。細められた目には感情がなかった。

音をたてて引き戸を閉めてしまった。思いのほか尖《とが》った音に身がすくむ。二、三歩後ろに下がって家屋を見上げる。表札がない。代わりに赤いランプがひとつ、軒下に点《とも》っている。遠くのネオンの明かりが溢《あふ》れる方から、サイレンの音や人々の喧騒《けんそう》が聞こえてきた。歩きだしたが、酔っているかのように足もとが覚束《おぼつか》ない。

老婆の笑いが頭から離れなかった。振り切るように足早に明かりに向かった。

何に惹《ひ》かれたのかわからない。

頭でもなく、性衝動でもなく、ただ皮膚の裏が熱かった。「覗き穴」という言葉を自分が口にしてから、体中の皮膚の裏で疼《うず》くものがあった。

あの赤い灯に抗うことができず、ふらふらと店を訪れてしまった。

老婆に導かれるままに暗い廊下を進み、一筋の光が射す暗闇にうずくまった。冷たい木肌に頬を押しつけると、耐えがたい興奮と安堵《あんど》が身体を貫いた。

穴の中に、ベッドの上で寝転がりながら雑誌を読む少女が見えた。

ゆっくりと鳥肌が尻から背中を駆けあがっていく。

覗き穴は部屋の隣の納戸に通じていた。偶然、空いたものなのだろう、細長くて、穴というよりは裂け目だった。部屋の照明が暗いから、中からは気付きそうもなかった。

客が来ると少女は雑誌をベッドの下に放り、線香を受け取る。そして、マッチを擦った。

覗き穴は鏡台の脇にあった。

マッチを擦るごとに、彼女の身は自由に一歩近づく。

ぼうと立ちあがる火を少女はうっとりと眺める。まるで、その火の中に自分の夢が映っているかのように。その時だけ、少女の眼は生き生きと輝き、火が消えるとその眼も死んでしまう。そして、ゆったりと流れる煙の中で平たい身体を横たえる。

どんなことをされても少女は無表情だった。ぼんやり天井近くを流れる煙を眺めていた。いや、煙さえも眺めてはいなかったかもしれない。手足を投げだして、要求されればのろのろと奉仕して、月並みな台詞《せりふ》を繰り返した。

ベッドのたてる軋みが、少女の身体から発せられているように思えた。関節の錆《さ》びついたぜんまい人形のようだった。凍りついて死んだ眼。横になっていると血の気がひいて、少女の顔はますますつくり物じみた。

いろいろな客がいた。少女の身体を仔細《しさい》に観察する客もいたし、下卑たことを言わせたり様々なポーズをとらせたりする客もいた。可哀想《かわいそう》にと泣きながら、興奮してのしかかっていく客もいた。

穴を覗く度、様々な形で絡みあう客と少女の姿が見えた。夢、と老婆は言った。それは確かに禍々《まがまが》しくも目を逸らせない夢だった。私は自分の心臓の音を痛いほどに聞いた。身体がじんじんと脈打つのを感じた。夢を見ることによって、人は生きる実感を得るのか。だが、一個人にとっての夢など、他人にとってはおぞましく煩わしいものに過ぎないだろう。少女は客の夢だった。私の夢は、少女の地獄だった。その事実がますます陶酔感を高めた。

その夢には確かな感触があった。自分の吐く息がこもった納戸の空気、狭苦しい暗闇。そして、穴から洩《も》れだしてくる匂い。

幼い頃、傷口の匂いに惹かれた。膝のかさぶたを何度も剝《は》がし、桃色の肉の隙間から滲《にじ》みでる血と透明の汁を食い入るように見つめた。うずもれるほどに鼻を近づけて、その匂いに溺《おぼ》れた。少女の部屋からは傷口の匂いがした。体液と汗と安っぽい香水と甘い香の混じったぬるい空気。僅《わず》かな胸の痛みを感じながらも、いつしか壁にひらいたぬめった光を放つ傷口から離れることができなくなっていった。

何度か通ううち、視覚的な刺激には慣れていくのを感じた。少女のひらかれた脚の間にある淡いものを目の当たりにしても、未熟な身体が虐げられるのを見ても、たまに洩れる少女の吐息を聞いても、それほどの衝動を覚えることは減っていった。しかし、部屋の匂いと少女の虚《うつ》ろな眼は常に私を惹きつけ続けた。見飽きるということがなかった。私はあの凍りついた眼を見ると、胸が疼くのを感じた。幼い頃、傷口をほじくり返す時に感じた甘美な興奮が溢れだすようだった。

妻に疑われる時間ぎりぎりまで納戸にこもり、老婆に金を渡すと、何も見ないように足早にタクシーに乗り込み、家路についた。仕事が残っているからと言って書斎に鍵《かぎ》をかけると、ゆっくり少女の眼を想った。ゆらゆらと漂うあの眼と湿気のこもった生温かい納戸の空気が書斎に満ちていくのを感じながら、そっとベルトを外した。


その客はとりたてて特徴のない男だった。むしろ冴えない中年男性と言ってよかった。背は低く、脂気を失った土気色の肌をして、猫背気味だった。ダークグレーのスーツの尻の辺りは皺でよれている。

おどおどとした目で部屋全体と少女を素早く見ると、黒い鞄を鏡台の椅子に置いた。そして、中から筆箱のようなものを取りだした。蓋を開けるぱちんという音が響いた。その途端、落ち着かなく小刻みに揺れていた男の身体がぴたりと固定された。

箱の中には鋏《はさみ》が入っていた。なめらかに長く、装飾の施された美しい鋏だった。男は鋏を持ちあげた。刃は大きく、銀色に磨きあげられていた。ぼんやりした部屋で鋏はきつい光を放った。

服を脱ぎかけていた少女が動きを止めた。口だけで笑顔を作って、わざと明るい声をだす。

「なあに、それ。おじさん、綺麗なハサミね。文房具屋さんなの？」

男は黙ったまま近付いていくと、少女の服を剝ぎとりベッドに突き飛ばした。スリップに鋏の刃をひっかけ、勢いよく腕を引いた。布の裂ける音が響く。

少女は叫び声をあげて起きあがろうとした。男はその口を手で塞《ふさ》ぐと、少女の下着に鋏を差し込んだ。少女がびくりと身体を強張《こわば》らせる。

「頼むよ。頼むから、声をあげないでくれよ。くだらないお喋りもやめてもらいたいな。じゃなきゃ俺は何をするかわかんないよ」

金属の擦《こす》れる音が響き、ただの布切れと化した下着がくたりと落ちて、少女の下半身が露《あら》わになった。情け容赦のない音だった。男は裂けたスリップと下着を払うと、少女の小さな乳首に鋏をあてた。少女が呻《うめ》く。足の爪先が伸びきったまま震えていた。

「おい、動くなよ。こんな乳首くらい簡単にちょんぎれちまうぜ。動かなきゃ何もしねえよ。俺はちょっとした緊張感がなきゃ愉しめねえんだよ。こうして、あてておくだけだ」

　そう言いながら、男は尖った鋏の先で少女の胸から腹をなぞった。

「ああ、たまんねえなあ、真っ平らな腹だな。しかも、真っ白で傷ひとつねえ。たるみもねえ、ぴんとしてるぜ。やっぱ若いと違うよなあ。きっと、ぴいっときれいに裂けるんだろうなあ、おい」

　鋏の先で肌の弾力を愉しみながら、男は背中や腰、太股、腕と少女の身体を鈍い金属の光でくまなくなぞっていった。少女は声もあげられなくなっていた。黒眼だけが細かく震えている。

　男は少女の首を刃で挟むと、その顔を覗き込んだ。少女は白い顎を必死にのけぞらせている。男は甲高い声をあげた。

「何、お前、すっかり震えあがって。これだから子供はいいよなあ、涙もでないくらい怖いってか。昂《たかぶ》らせてくれるよなあ」

　鋏が高く振りあげられた。思わず声がでそうになって、口を塞ぐ。

　ベッドが大きく弾んだ。鋏はシーツに突き立てられていた。硬直した少女の顔すれすれだった。

　男はズボンを降ろして少女の上に覆い被《かぶ》さると、激しく動いた。腰骨の突きでた痩せた身体だった。唸《うな》り声をあげ少女の肩に歯をたてると、男は虚脱した。

　やがて男は起きあがり、あと一センチほどになった香をちらりと見て、鋏を引き抜いた。だらりとした性器をぶらさげたまま、鋏を箱にしまう。慌ただしく身繕いをすると、鞄を摑《つか》んだ。もう少女を見ようともしなかった。

　少女は仰向けのままだった。肩には血が滲んでいた。首に真っ直ぐな切り傷ができている。そこに赤い珠《たま》がぷつぷつと浮かんでいた。鋏が抜かれても、少女は押しピンで固定された昆虫標本のようにぴくりともしなかった。その眼は氷山を思わせた。青く深く凍りついていた。

　廊下を男が歩いていく気配がした。納戸の扉を少し開いて様子を窺《うかが》う。玄関の引き戸が閉まった音を確かめると、私は廊下に飛びだした。玄関で老婆が振り返る。

　私は財布からありったけの現金を引っ張りだすと、老婆の手に携帯番号を書いたメモと共に握らせた。

「またあの客が来たら連絡をくれ、すぐにだ」

「連絡料取るよ」

「構わない」

　老婆はメモと紙幣を交互に見て呟いた。

「あの子にこんな使い道があったとはね……」

老婆から連絡が来ると、食事中であろうとすぐタクシーに乗った。

妻は前から習い事やエステに夢中だったので、私が家を空けがちになっても何も言わなかった。今はアロマテラピーにはまっているせいで、家の中が妙にすうすうした香りに満ちている。水蒸気を吐きだす壺のような機械にオイルを垂らしながら「癒されるでしょう」と妻は言う。こんな嗅《か》いだこともないような匂いに包まれて、何が癒しか。癒しがノスタルジーだとしたら、アロマだなんて記憶のどこを探っても昔の日本にはなかった匂いじゃないか。

子供の頃あったのは押入れの黴《かび》臭い匂い、春になると漂ってくる牛糞の匂い、早朝のクヌギの樹液の匂い。仕込んだ罠《わな》にカナブンばかりがかかっているとがっかりしたものだった。昆虫採集が私の趣味だった。捕まえた虫に注射器で防腐剤を入れながらぞくぞくしたものだ。その頃のことを思いだすと、胸が締めつけられる程に懐かしい。

けれど、家に漂うハーブの匂いはなんら心に響かない。

癒しなんて口当たりの良いことを言いながら、単なる逃避なのだろう。かぐわしい匂いに包まれて、自分だけは離れたところにいられるという安心感。違う、本当の安心は他人の血の匂いだ。恐怖と絶望に凍りついた眼だ。離れたところから見ることができる不幸。懐かしい暗がりと湿り気。

だが、私は笑って答える。

「ああ、とても清潔感のある香りだね」

そして、「ちょっとでてくるから」と妻の背中に言う。最近、私は悟った。人は断定に弱いことを。「でてきてもいいかな？」と伺いをたてると突っ込んでくるが、断定してしまえばそこで会話は終わらせられる。相手の反論をなんでも認めてしまうのも効果てきめんだ。人との関わりはマニュアル化してしまえば楽だった。皆、自らの領域を侵されないよう、そうしてプログラム通りに動いているのだろう。

覗き穴に顔を近づけた時だけ、私は心からの安堵と生きている昂りを感じることができた。純粋な目だけの存在になって、自分を忘れることができた。羞恥《しゅうち》や見栄、私らしい振る舞い。そんなものを意識する必要がなかった。

私の期待した通り、男の行動はどんどんエスカレートしていった。

少女は決して悲鳴をあげなかった。多分、悲鳴などあげたら男がどんな行動を起こすかわからなかったからだろう。男は少女の怯えた顔を見るのが、愉しくてたまらないようだった。そして、平らでなめらかな腹に鋏の先を這《は》わすのが、好きで仕方がないようだった。

上に乗って暴れながら、少女の首を絞めたり、胸に爪を立てたり、耳たぶや手首を噛《か》んだりした。口にタオルを突っ込み、尻や背中をしたたかに打ったりもした。笑いながら鋏で仄《ほの》かな陰毛を切ったりもした。

少女はいつも、最初はがくがく震えながら真っ青な顔をしているが、男の興奮が頂点に近づく頃になると、その眼は深く凍りついた。身体は麻痺《まひ》してしまったかのようにぐんにゃりとなってしまう。そして、男が帰った後もしばらく動けないでいた。長い時間裸で転がって、老婆が声をかけるまでひゅーひゅーと変な呼吸をしていた。

老婆はいつも少女の耳に何かを囁《ささや》く。すると、少女の眼は光を取り戻す。それを見る度、胸を撫で下ろしつつも不思議な寂しさが襲った。

男が来るようになってから少女は元気がなくなった。時折、トイレに駆け込んでは吐いたりしている。それでも、マッチを擦る時は相変わらずうっすら微笑《ほほえ》みを浮かべた。箱のマッチは大分減っていた。少女は最後のマッチを擦った時、老婆が約束通り自由にしてくれると信じているのだ。

けれど、そんなはずはなかった。少女は老婆からいつも小言を言われていた。

「あんたは愛想が足りないんだよ。湿っぽい顔してちゃ、お客さんも愉しめないだろう。奉仕する仕事なんだってまだわからないのかい」

少女を見て、買わずに帰ってしまう客もいた。少女は現実を見ないようにして、夢を見ながらただただ待っているのだ。その人形のような態度を好まない客も多かった。そして、少女の身体は育ちだしていた。子供という珍しい商品価値の効果も減ってきたせいで、離れる客もいた。きっと色々な理由をつけて少女の自由は延ばされるだろう。いや、もしかしたらこれまでもずっと延ばされてきているのかもしれない。

炎に照らされた少女のうっとりした瞳は私を息苦しくさせた。

あの男は毎週火曜日に来ることが多かった。

そのせいで、火曜の夕方は職場から真っ直ぐ店に行くようになってしまった。

ある日、鋏による愛撫《あいぶ》の後、男はマッチに目をつけた。ベッドの上に鋏を放る。

「へえ、こんなものがあるじゃねえか」

少女がはっと起きあがった。マッチ箱を手にした男に飛びかかる。素早く男の手からもぎ取った。からからと箱が鳴った。

男は一瞬、不意をつかれて呆然《ぼうぜん》としていたが、すぐに怒りで顔が真っ白になった。ベッドに飛び乗ると、少女の髪を勢いよく摑んだ。ぶちぶちと髪が千切れる音が響く。

「こいつ！　逆らいやがって！　それをよこせ！」

少女は涙を溜めて首を振った。その頭を男がまた引っ張る。がくんと少女の顎がのけぞって倒れる。それでも少女はマッチ箱を握り締めたままだった。男が少女を組み敷いて、マッチ箱を持った手首を握りベッドの縁に打ちつける。鈍い音が何度も響く。少女は唇を嚙みしめながらそれでも離そうとしない。少女の頰が鳴る。抵抗されると興奮するのか、男は罵《のの》りながらも笑い声をあげて何度も少女に平手を浴びせた。歯止めがきかなくなっていた。

少女の空いた方の手がシーツの上を彷徨《さまよ》って、鋏に触れて動きが止まった。

いけない、と思った。

が、次の瞬間、鉛色の光が煌《きら》めいて男の腕を切り裂いていた。びっと嫌な音がした。

血が少女の白い胸の上にぱっと散った。

私は納戸から走りでていた。少女の部屋のドアに手をかけた途端、中からすごい怒声がして、重いものが壁に叩きつけられる音がした。もう一度、鈍い震動が伝わる。思わず身がひけた。老婆が廊下を走ってくる。

ドアが中から弾《はじ》けて、私ははね飛ばされて廊下に尻もちをついた。上半身裸の男が玄関の方へ飛ぶように駆けていく。

突き飛ばされた老婆が悲鳴をあげると、玄関横の部屋から男が数名でてきて、開け放された玄関から飛びだしていった。

香の煙がゆっくりと部屋から流れだしてくる。私は起きあがり、少女の部屋を恐る恐る覗いた。

ベッド脇のテーブルが倒れていた。避妊具が散乱している。血の飛んだシーツが床に垂れさがっていた。割れた鏡の破片が散らばっている。

甘い匂いの漂う蒸れた部屋の隅で、裸の少女が壁にもたれて足を投げだしていた。

首の付け根が切り裂かれていた。血が溢れだし、胸と腹を真っ赤に濡《ぬ》らしていた。動けなくなった。ぐううという変な音が喉から洩れて、私の頭は真っ白になった。吐き気が込みあげる。駄目だ、直視できない。

「ああ、なんてこったい、これじゃもう駄目だねえ」

老婆の声だった。私は振り返って叫んだ。

「救急車を！　早く！」

「お客さん」

老婆が言った。水底から響くような声で。

「あたしらの店のことに首を突っ込まんでくれ」

そして、ゆっくりときびすを返した。

「どこに行くんだ？」

「あんたの言う通り医者を呼びにいくのさ、あたしらの息のかかった医者をね」

怒鳴りかけていた。正義感からなんかじゃない、声をあげなきゃ居てもたってもいられない。これは本当に現実なのか。もう、とてもこんなところにはいられない。逃げろ、逃げるんだ。

その時、隙間をぬうような擦《かす》れた声が耳に届いた。

「おじさん……」

振り返った。少女だった。引き攣った微笑みを浮かべて、私を見ていた。

「やっぱり、おじさんだった」

喋る度、傷口から血があぶくとなって噴きだす。けどさ、後ろから老婆が言った。

「この子にはあの客を断る権利はあったのさ。けどさ、あんた、あの客が来る時だけ妙に払いが良かったからね。我慢したら一回につきマッチ三本だって言ったら、この子が言ったんだよ、続けるってね。けど、こんなことになるなんてね、まったく元も子もないよ」

老婆の愚痴は続いていた。私はよろめきながら部屋に入った。少女の傍《そば》にしゃがみ込む。赤い光の下で血は黒くじわじわとカーペットに広がっていた。

「私のせいなのか……」

少女が手を伸ばそうとした。その手にマッチが握られている。

「おじさん……火……つけて」

ほとんど聞きとれないくぐもった声で少女が哀願する。手を伸ばし、震える指で細い木片を摘《つま》んだ。マッチ箱はぐしゃぐしゃに潰れて汗と血で湿っていた。掠《かす》れた音がするだけで火はつかない。

なのに、少女は微笑んだ。血で濡れた唇で。

「きれい……ひときわ大きいわ、ねえ、きれいでしょう」

もう声はでていなかった。唇の動きだけで呟いて、頭が傾いた。

私は必死にマッチを擦り続けた。何本も折れた。その度、床に叩きつけ、頭を掻き毟《むし》り、よれた箱を伸ばして、新しいマッチを擦りつけた。

どれくらい経っただろう。じじっと鈍い音が鳴り、炎が立ち昇った。

それは、子供の頃に見た青い火だった。

火の中に少女の顔が浮かびあがった。

血の気のひいた頬と唇、長い睫毛、小さな鼻の横の黒子、どれもが硬く冷たくなっていた。

そして、その薄いまぶたはひらかれていた。

光を喪《うしな》った黒い瞳は、私を透かして虚ろなまま凍っていた。

その時、私は気がついた。

これだったのだ、と。

私が、何より見たかったものは。欲していたものは。

決して私を見返すことのない、この眼だったのだ。

白梅虫
ハーメルンの笛吹き男

正月帰省していた美樹《みき》が盆栽を抱えて帰ってきた。

年末に死んだじいさんの形見分けで押しつけられたらしい。

ねじれた黒い幹をつついて「これ何？」と訊《き》くと、「わかんない、何か花が咲く木だって。ああ、重かった」と肩を揉《も》みながら洗面所に行ってしまった。俺の指くらいしかない貧弱な枝には蕾《つぼみ》どころか一枚の葉っぱすらない。生気のない木肌はあちこちひび割れている。

「なあ、これ枯れてんじゃないの？」

「冬だからじゃないの。もう、洗濯物ためすぎ。汚れたものはちゃんと籠《かご》に入れてって言ってるのに放りっぱなしだし」

美樹の文句が水の音と共に流れてくる。

「それとね、今年こそこれからのこと考えてよね。一緒に住んでいるの親にばれちゃってるし、帰る度どうするのってうるさいから」

「ああ」

曖昧《あいまい》な返事をして、なんとなく部屋の真ん中に置かれた盆栽を見る。ところどころ深緑に変色した年季の入った鉢と明るいフローリングの床がまったく合っていない。居心地が悪そうだ。

洗面所を覗《のぞ》くと、美樹はまだ「ワックスの蓋《ふた》があけっぱなし」とかぶつぶつ文句を言いながら汚れた服を洗濯機に放り込んでいた。黙ったまま居間に戻る。

盆栽を持ちあげテレビ台の横に置いた。置くというよりは隠すという感じで。少し考えて、ゴミ箱から雑誌をひっぱりだして盆栽の下に敷いた。

手についた土をジーパンに擦《こす》りつけるように払って、そのまま俺も美樹も盆栽の存在を忘れた。

一か月が経った頃だった。

「何か甘い匂いがしない？　香水みたいな」

テレビゲームをやる俺の横で、つまらなそうに画面を見ていた美樹が突然首を伸ばした。変な言いがかりをつけられたら堪《たま》らないので、軽く首を傾《かし》げてゲームに集中するふりをする。美樹は「いや、絶対するって」と言いながら、四つん這いになって部屋をまわりだす。

しばらくして、「あ、咲いてる」と大きな声をあげた。そして、よれた雑誌の端をひっぱってテレビ台の陰からずるずると盆栽をだしてきた。

相変わらず貧弱な枝にぽつぽつと紅《あか》い花が咲いていた。蕾もいくつかふくらんでいる。

「梅だったんだね」

「そうなの？」

「だってまだ二月だもん、桜なら春でしょう。去年一緒にお花見したじゃない」

「それくらいわかるけどさ、桃かもしれないだろ」

そう言うと、美樹は「む」というような表情で口を結んだ。桃が咲くのも春だったことに気付いたが黙っていた。花の名前なんかどうでもいい。

俺がまたゲームをはじめると、美樹は盆栽を日の当たる方に押しやった。「まあ、どっちでもいいけどね。でも、ピンクで良かった、可愛いし」と笑う。ソファに飛び込むようにして横に戻ってくる。

「ねえ、お花見で思いだしたんだけど、去年行った時、デリもやってるフランスっぽいカフェ見つけたじゃない。あそこのキッシュ美味《おい》しかったな、あの店まだ、あるかな」

「疎水べりの？」

「そう」

「やってると思う。営業車でたまに通るけど看板でてた気がするし」

「本当？　じゃあ、今度通りかかったら買ってきて」

男一人では入りにくい感じの店だった気がした。けれど、あまりそっけなく断るとすぐ美樹の機嫌は悪くなるので、適当に頷《うなず》いておいた。へそを曲げられると面倒だ。一緒に住んでからはぐらかすのがうまくなった。後で責められないように、何とでも取れるような答えをつい意識しなくても選んでしまう。

ふと、紅いものが目に入った。盆栽の花だった。風なんて入ってくるはずもないのに、ちらちらと揺れたように見えた。

そんな会話をした次の日だった。営業にでている途中でまわるはずだった一件がキャンセルになってしまった。たまたま、美樹が話していたカフェの近くだった。少し悩んで、昼飯をかねて行ってみることにした。これも何かの縁だろう。

まだ昼前のせいか、外から見る限り客はいないようだった。駐車場に車を停めてゆっくり歩いていくと、帽子を被《かぶ》ったじいさんが杖《つえ》をつきながら入って行くのが見えた。それで、少し気が楽になった。

オープンテラスに観葉植物が置かれている。水をやっていた女性が振り返った。色の白い女性だった。黒い髪をきっちりとまとめている。美樹も色白だが、化粧のせいかピンクがかった健康的な白さだ。けれど、その女性の肌は血の気のない、まるで陶器のように澄んだ白さだった。切れ長の目がすうっと細められた。

「いらっしゃいませ」

女性は笑っていた。絵画のように静かな笑顔だった。白い手がなめらかに動いて、えんじ色の扉をあけた。

コーヒーと焦げたバターの香りがふわりとした。

それから、ちょくちょくその店に行くようになった。若い女性向けの店だと思っていたが、俺が行く時間は一人で来ている年配の客が多く、落ち着ける雰囲気だった。テーブルが七つの小さな店で、店員は二人。フレンチレストランの姉妹店らしく、厨房《ちゆうぼう》はしっかりしたもののようで、いつも人が慌ただしく動く気配がしていた。

色白の女性はたいてい店にいた。きっちりとサロンを巻いて、顎《あご》をひいて立っていた。すごい美人というわけでもないが、ちょっと目を引く個性的な顔をしていた。流行とかに惑わされることがなさそうなタイプ。俺はけっこういろんなものにふらふら目がいくので、そういうしっかりした感じの人に弱い。

白黒格子の床、深いえんじ色の窓枠、こっくりしたベージュの壁。ショーウィンドウにはパテやマリネといった洋風総菜やケーキがぎっしりと並び、次々に焼きあげられる菓子やキッシュが木の棚に載せられていく。

席が空くと、彼女は音もなく現れ、丸いお盆の上に空いた食器を載せていく。静かな動作だ。けれど、てきぱきと素早く全ての食器を小さなお盆に収めてしまう。くしゃくしゃになった紙ナプキンを指先ですっと折り、食器の間に挟むと、また奥に消えていく。

その店には音楽が流れていなかった。だから、厨房からの調理の音や川辺の鳥の声をうっすら聞いた。そうして、彼女が立ち働く様子を眺めていると、その動きが静かな調べのように感じられた。

そんなことを考えるのは俺らしくないな、と正直思った。でも、その店だけは職場とも家とも違った時間や空気が流れている気がして、ついつい足が向いてしまった。

俺は何でも自分のペースでやりたい。だから、営業職を選んだくらいだ。小さい頃からよく協調性がないと言われた。けれど、仕方がない。自分の行きたい場所で好きなように時間を使えないと苛々《いらいら》してくる。自然、単独行動になっていく。

美樹はからっとした明るい性格で悪い子ではないが、常にかまってもらいたいという女特有の気質が強くてたまに疲れを感じた。仕事帰りや休憩時間などにその店に通うようになって、適度に静かで落ち着ける場所を自分が欲していたことに気がついた。それに、美樹の知らない時間があるというのも、何だか気分が良かった。

ゆったりと椅子に体を預けて、彼女によって完全にコントロールされた空間でコーヒーを飲む。そう、コントロールという言葉がしっくりきた。彼女の動きには店の全てを知り尽くした余裕があった。時間も空間も、お客でさえ、静かに操っているように見えた。その余裕が店の雰囲気を作っていた。

年上に見えた。けれど、化粧っけがないからもしかしたら結構若いのかもしれない。何度行ってもいつも同じ微笑《ほほえ》みを浮かべて、決して打ち解けることはなかった。他のお客に対してもそうだった。

自分の周りにいる、よく喋《しゃべ》る女の子たちと違ったせいもあったのだろう。眺めているうちに好奇心が湧いた。悪い癖だ。わかってはいるのだが、気になると止まらない。涼しい顔の裏を覗いてみたくなった。

会計の時に何度か話しかけてみたが、型通りの答えしか返ってこなかった。彼女の周りのしんとした空気が揺らぐことはなかった。昔の洋画で見るようなレトロなレジをかしゃんと閉じて、「ありがとうございました」と微笑むと、すっと台をまわって扉をあけた。


ある晩、家に帰ると美樹が叫びながら駆け寄ってきた。気持ち悪いと連呼するばかりで、よく意味がわからない。居間の方を指さしているので、ネクタイを緩めながらのろのろと向かうと、盆栽が倒れていた。黒い土が散らばっている。

盆栽を起こそうとしてぎょっとした。幹がびっしりとイボ状のもので覆われていた。思わず、手を引っ込める。にぶい音をたてて鉢が揺れた。

よく見ると、虫のようだった。てんとう虫のような半球の虫だ。色が褐色のものもいれば、茶と黒のまだらのものもいる。その大小の虫たちがところ狭しと幹をじわじわ這っていた。白っぽい虱《しらみ》のような卵らしきものも、そのわずかな隙間に見える。みっしりと埋め尽くされた虫のせいで、幹はひと回り大きくなっていた。まるで木が身震いしているように表面がぞわぞわと波うっている。

見ているだけで頭皮が痒《かゆ》くなった。背中、肩、頬と順番におぞ気が這いのぼってくる。

「ベランダにだして！」と美樹が叫ぶ。

「ベランダにだしたって駄目だろう。洗濯物についたらどうする。捨てちゃった方がいいって」

俺が恐る恐る鉢を持ちあげると、美樹が後ずさりながら両手を振った。

「それは駄目！　おじいちゃんの形見なんだから縁起が良くない。せめて枯れてからじゃないと」

びっしりと張りついた虫がぽろぽろとこぼれてきそうで気が気じゃない。つい、早口になる。

「じゃあ、どうすんだよ、これ。虫だらけだぞ」

「だからベランダにだしてって！」

美樹の方に差しだすと金切り声をあげた。

こいつはなんでも都合の悪いものは目の届かないところにしまおうとする癖がある。除湿機の調子が悪い時も修理にださず、箱に入れてしまった。しばらく寝かせておけば直る、とか言って。今回もそのつもりのようだ。とりあえずベランダにだすまでは金切り声が収まりそうもない。

顔を背けながらガラス戸をあける。盆栽からぞわぞわと虫が蠢《うごめ》く音が聞こえてくる気がする。

ベランダから風が吹いてきて、ぎくりと動きが止まる。手の上に虫が落ちたような気がして、じわりと汗が噴きだす。そっと片目で窺《うかが》う。虫たちはぴったりと幹に張りついたままだった。気のせいか。

ベランダの隅に置いた。虫が飛び散ったら嫌なので、ビニール袋を被せる。風でがさがさと鳴る盆栽を横目で見ながら煙草《たばこ》を吸った。これから毎回あのぶつぶつした虫を気にしながら煙草を吸わなきゃいけないのかと思うと気が滅入《めい》った。

俺が部屋に戻ると、美樹が掃除機を片手にテレビ台やソファの位置をずらしていた。

「ちゃんとネットかなんかで駆除方法調べるって」

きっと俺は憂鬱《ゆううつ》な顔をしていたのだろう、美樹が口を尖《とが》らせながら言った。帰ってきて早々に、あんなぞっとするようなものを見たのだから当たり前だ。まったく、掃除が済むまで出かけていたいくらいだ。その時、ふと思いだした。

「いいよ、なんか植物に詳しそうな人いるし、明日訊いてくるわ」

「そう？　良かった」

美樹はあっさりと言った。手がべたつくような気がしたので、洗面所に向かった。心なしか手が震えている気がする。後ろから掃除機の音が勢い良く響きだした。

店の駐車場にいつもより早い時間に車を停めた。彼女の姿を見つけると、気付かれないように背後からそっと近付いた。

まだ準備中なのは知っていた。彼女はいつも開店前にオープンテラスに観葉植物たちをだして、水をやり、葉や枝や土のチェックをしていた。

数歩後ろから、白いシャツ姿の背中を眺めた。きっちりと結ばれた長い髪。彼女は厚く平べったい葉を一枚一枚ひっくり返しては拭《ふ》いていた。ふと、昨夜のぶつぶつとした虫が頭をよぎって、身震いしてしまう。彼女の白い手が触れる葉はどれもつやつやと真緑に光っていた。深呼吸をする。

彼女の動きは淡々としていた。そんな素振りはなかったが、気付かれているような気がした。

「あのさ、植物とかって詳しいの？」

わざと挨拶《あいさつ》を省いて、くだけた口調で訊いた。どう反応するか見たかった。

彼女の手の動きが止まった。すっと立ちあがって振り返る。もう、うっすら微笑みを浮かべていた。やはり、俺が忍び足で近付いていたのは知っていたようだ。

「なぜですか？」

「いや、いつも世話してるし。実はさ、梅だか桃だかわからない盆栽にびっしり虫がついちゃって、どうしたらいいか教えてもらえたらって思って」

「ご自宅の？」

「まあ」

「ご自分のものなのになんの木かわからないんですか？」

彼女がくすりと笑った。薄い唇が柔らかくひらかれる。ちらりと覗いた小ぶりな白い歯が妙になまめかしかった。

「もらったんだ。ああ、この間、ピンクの花が咲いていた」

「じゃあ、きっと紅梅ですね。私も梅を育てています。つきやすいんですよね」

切れ長の目で見上げてくる。意志の強そうな眉《まゆ》が白い額によく映えていた。覗き込まれて一瞬言葉が頭をすり抜けた。

「え、何が？」

彼女は目を細めた。

「ですから、虫が」

下心を見透かされた気がした。けれど、彼女に気にした様子はなかった。むしろ楽しんでいるようにすら見える。「そうだった」と笑うと、あれこれ憶測するのが面倒になった。軽く伸びをする。

「もっと話しにくいのかと思ってた」

「今は開店前ですから。梅の病気はいいんですか？　多分、相談に乗ってあげられますよ」

「じゃあ、店が終わるころに迎えにきてもいい？　七時だっけ」

嫌な顔をするかと思ったが、彼女は悠々と微笑んだ。

「良かったらうちの白梅も見ますか？」

「白梅なんだ」

「なんか凛《りん》としていて好きなんです。紅い梅ってぼってりとして女っぽすぎる気がして」

そう言うと、そっと腕の時計を見た。軽く視線を店の方に投げる。「もう時間です」という静かな声が頭に響いた気がした。

「じゃあ、また後で」

俺はそう言うと、きびすを返した。ゆるんだ顔を見られたくなかった。予想外の展開にちょっと驚いていた。けれど、足が軽かった。やっぱり好きそうな話題をふってやるのが一番だな。

振り返ると、彼女が扉に消えていくところだった。その背筋の伸びた後ろ姿は、彼女が凜としていると言う白梅を想像させた。まだ、見たことがないというのに。

彼女の名前は夕《ゆう》と言った。夕暮れの夕だと。それしか教えてはくれなかったし、それ以上は訊かなかった。あれこれ訊くのは格好悪い気がした。

最初はさん付けで呼んでいたのだが、食事をしているうちに呼び捨てになった。彼女も敬語をつかわなくなった。

それでも、そんなに喋ったわけでもなかった。いままで何をしてきたとか、趣味は何かとか、当たり障りのないことを彼女はぽつぽつと語った。年齢は教えてくれなかった。軽く笑ってはぐらかされた。俺もあまり自分のことを話すタイプではなかったし、共通の趣味もあまりなかったので、会話は時々途切れた。そんな時でも夕は静かな笑みを浮かべていた。黙っていても気まずくならない雰囲気が良かった。

夕の家はカフェの近くにあった。カフェと同じく疎水沿いの古い家が建ち並ぶ通りにある一軒家の二階だった。一階は店のようで暗い中に看板がでていたが、よく読めなかった。

「一階は骨董品《こっとうひん》のお店だったの。前はそこで働いていたんだけど、半年前に潰《つぶ》れちゃって」

ざらりとした壁についた外階段を上りながら夕は言った。古い造りの家だった。田舎《いなか》のじいさんの家みたいな土と黴の匂いがした。近所は静まり返っていて、月が雲で隠れる度、足元が見えなくなった。この辺りだけ温度が低いように感じた。

　鍵を鞄からだしながら、夕が俺を見上げた。

「恋人とかいないの？」

「どうして？」

「こんな時間に女性の家に入るのはまずいんじゃない？　よくキッシュとかケーキとか買っていくから恋人いるんだと思っていたけど」

「あそこの店のキッシュ好きなんだ」

　はぐらかすと、「そう」と小さく呟《つぶや》いてドアをあけた。

　ぱっと明かりがついて、ぎょっとした。

　部屋の隅にぎっしりと紅く丸いものがひしめいていた。内臓めいた濡《ぬ》れた輝きを放っている。血の珠《たま》が揺れながらぶつぶつと増殖しているように見えた。小さく声をあげてしまったようで、夕が振り返った。

「どうしたの？」

　よく見ると達磨《だるま》だった。足に彫りの入った低い台の上に、大きいものから小さいものまで三十近く並べられていた。どれも表面がつやつやと磨きあげられている。

「集めているのよ。珍しいでしょう、女の達磨。正確には、産着をまとった子どもらしいけど」

　俺の視線を追いかけて夕が涼しげな声で言う。確かに普通の達磨と違って優しげな表情だった。丸い眉をして紅をさしたり、頬を染めたりしている。それでも、なんだか見慣れないせいか気持ちが悪かった。目を逸《そ》らしても、視界の端にぬめった紅色が入ってくる。

　朝に夕が言った「ぼってりと女っぽい」という言葉を思いだす。紅色は苦手なんじゃないのか。

　夕を見ると、ふっと微笑んだ。すっと白い手を伸ばして俺のコートを受け取る。丁寧な仕草でコートをハンガーにかける。その様子を眺めているうちに気分が落ち着いてきた。

　風変わりな部屋だった。見ようによってはお洒落《しゃれ》とも言えるのだろう。壁には色んな模様の和布がかけられ、天井からは蔦《つた》系の植物がたくさん吊り下がっていて、年季の入った棚の上には用途のよくわからない骨董品が置かれていた。大ぶりの壺や古い楽器も床に置いてある。そして、部屋の隅の板の間には達磨がぎっしり詰められていた。古びたものだらけの部屋で、鮮明な生々しい紅色が妙に目立っていた。

「白梅は奥の寝室にあるから」と、夕がお湯を沸かしながら言った。

寝室はベッドと小さなテーブル以外あまりものはなかった。押入れがクローゼットになっているのか布がかけられている。

ベッド脇のスタンド台の上に白い花をつけた盆栽があった。溶け残った雪のようにひっそりと光っていた。

ベッドに腰掛けていると、夕が音もなく部屋に入ってきた。小さくベッドを軋《きし》ませて横に座る。ほのかに甘酸っぱいような匂いがした。

「いい匂いがする」と呟くと、「多分、白梅よ。香りがいいの」と笑った。

隣の部屋からストーブの音が遠く聞こえた。建物が古いせいかなかなか暖まらないと、弁解するように夕が言った。寒さのせいで肌はいっそう白く澄んでいた。

「やっぱり似ていたな」

そう言うと、首を傾げた。

「白梅に」

夕は白梅に視線を流した。細い顎がついと流れ、切れ長の目がすっと動いた。

「白梅は気に入った？」

頷く俺の唇に冷たい指先が触れた。顎をなぞって、首を這っていく。ゆっくりと鳥肌がたつ。気がついたら細い手首を摑《つか》んでいた。黒い豊かな髪に鼻をうずめた。耳元で柔らかな笑い声が響いた。

「じゃあ、紅梅は私にちょうだい」

俺は白い首筋の匂いをいっぱいに吸い込んだ。甘酸っぱい匂いがした。

自宅のベランダの鍵をあけながら、ポケットから鈴を取りだした。

暗闇で金属の澄んだ音が鳴った。

夕の滑らかな肌の感触が蘇《よみがえ》る。抱きしめた体は思ったより女らしかった。四肢や首の細さから貧弱な体を想像していたのだが。

ぼんやりとスタンドの灯《あか》りが点《とも》って、白い手の先で鈴が揺れていた。リーン、リーンと澄んだ音が闇に吸い込まれていく。軽い振動を残して。

「そんなもので虫がいなくなるの?」

「そう。その虫はこそげとってもまたすぐに増えてしまう。何度も薬をかけるのは木に悪いし。この鈴の音は虫を狂わせるの。これを枝にかけておけば虫はいなくなるわ」

俺はちょっと笑った。夕の白い額が灯りに照らされていた。その向こうで白梅もほんのり光っている。ねじれた幹が一層黒く見える。

「梅の幹ってどれも貧相なんだな」

「ああ見えて強いのよ。梅の木は枯れてしまったように見えても花をつけるのよ。だから、この鈴で虫がいなくなれば、もう大丈夫」

「ふうん」

夕の真っ直ぐな髪を撫でた。夕は目を細めて俺を見た。

「信じてないでしょう」

「だって、信じにくい話じゃないか」

「うちの白梅はこのおかげで虫がついたことはないわ。それじゃあ、賭《か》けをしない？　無事に虫を駆除できたら、私が寂しい時こうやって会いに来て」

「いいよ」と俺は笑った。願ってもないことだ。

「じゃあ、効き目がなかったら？」

「その鈴を返さなくていいわ。一応、我が家に伝わる大事な鈴なのよ。梅のだけじゃない、いろいろな虫を狂わせて追い払うことができるの」

少し低い声でそう言うと、俺の手に鈴を滑り込ませた。錆《さび》のせいか表面がざらざらしていた。

「でも効き目のないような鈴なら、もらっても俺の得にはならなくないか？」

そう笑うと、夕もくぐもった声で笑って、「確かにね」と呟いた。

暗闇に沈んだ夕の部屋はまるで夜の博物館みたいだった。なんとなく冷ややかだった。振り返って、美樹のネイル道具やマッサージグッズが転がった自宅の居間を眺める。

夕の部屋はすごく遠く思えた。

ベランダの引き戸をあけると冷たい風が吹き込んできた。エアコンの室外機の横で紅梅に被せたビニール袋がさがさと音をたてていた。意を決してビニールを取る。枝の先に鈴の紐《ひも》をひっかけると、ビニール袋を鉢の下に挟み込んだ。

暗くてよく見えなかったが、幹の表面にはまだぼこぼことした影ができていた。それを見るだけで背筋に鳥肌がたつ。

室内に戻ると、念入りに手を洗った。シャツやネクタイを床に投げて、美樹の横にもぐり込んだ。布団の中は温かく湿っていて、家で使っている洗剤の匂いがした。美樹の小さな背中にすり寄る。俺はすぐに眠りに落ちた。


次の日の昼休みにカフェに行くと、夕はショーウィンドウの横に立っていた。布巾でガラスの曇りを拭き取っている。俺に気がつくと、少し首を傾げて笑った。笑い返したが、何となく胸の片隅が曇った。

コーヒーを飲んでサンドイッチを食べている間、話しかけてくることはなかったが、時々こちらを窺っている気配がした。その度、目をあげて軽く笑った。おこがましいとは思ったが、できるならいつものように涼しい微笑みを浮かべていて欲しかった。夕にはそんな顔の方が似合う。

外の景色は相変わらず静かだった。テラスの濡れた観葉植物がきらきらと光を反射していた。

気がつくと、夕がテーブルの脇に立っていた。手に持った水差しでグラスに水を足す。

「虫はどう？」

店を見回した。いつの間にか俺だけになっていた。夕の目を見て、梅のねじれた枝を思いだした。

「ああ、まだ見てない。でも、昨夜《ゆうべ》つけたばかりだし」

「すぐよ」と、夕が笑った。もう一人のホールの子はレジの方にいるようだった。厨房からの音が気になる。「帰ったら見るよ」と言いながら席を立った。

レジに向かう夕とホールの子がすれ違いざまに何か囁《ささや》いて笑った。その子の手に持ったボウルに目がいった。緑がかった油の中に黒と緑のオリーブがたっぷり盛られていた。表面がぬめぬめと濡れて光っている。虫の卵のようだった。ふと、夕の部屋にあった紅い女達磨の群れを思いだした。

たくさんあるのが駄目なのかもしれない。

会社に戻る車の中でふと、そう思った。

よく考えたらどんな虫だって身の毛がよだつほど苦手ってわけじゃない。でも、あの梅の木にびっしりとついたイボのような虫は二度と見たくないと思った。背筋がぞくぞくして、頰にまで鳥肌がたった。小さい頃に見た蝶《ちょう》がびっしりついた木の写真を思いだした。揺れる翅《はね》や飛び散る鱗粉《りんぷん》、ざわざわと波打つ一面のまだら模様。想像して吐きそうになった。

小さくてそっくりなものが無数にあるのは、なんだか、嫌だった。見ていない間にぶつぶつと細胞分裂を繰り返して増えていきそうで。増殖して、ふくれあがって、飲み込まれそうで。

ぶるっと体が震えた。ハンドルを持つ手に力を込めた。


週に一、二回くらい夕の部屋に行った。けれど、泊ることはなかった。

夕の働くカフェは好きだったが、部屋にはなんとなく馴染《なじ》めなかった。パソコンでも携帯電話でも音楽や服装や車でも、俺は新しいものが好きだ。夕は変わらないものが好きみたいだった。昔から同じ製法で作られている鞄や器や食べ物を好んだ。そういったものに対するこだわりというものが俺にはあまりなかった。俺にとってものは所詮《しょせん》ものに過ぎず、移り変わっていく景色みたいな感じだったが、夕にとって身の回りのものは自分を自分らしく見せるための大切なパーツのようだった。アイデンティティというやつか。

過去のあれこれが詰まった古いものに囲まれていると、時間が止まったような錯覚に陥った。美樹にばれるとまずいというのもあったが、朝まであのひっそりした空間にいたら浦島太郎のような気分になりそうで泊る気がしなかった。目覚めたら世界が劣化してしまっていそうなのだ。美術館や博物館で眠ろうという気にならないのと似た感覚だった。ほんの一時の場所。それで充分だった。

けれど、夕は不満そうだった。俺がちゃんとメールを返さないことや、夜に電話にでないことを時々責めた。仕事が忙しいと嘘《うそ》をついたが、納得しているかはよくわからなかった。夕は表情豊かな美樹と違って、微笑みながら責めるからだ。ちくりとしたことを会話に混ぜながら、薄く笑っている。その白い表情はどことなく凄《すご》みがあった。

段々、面倒になってきた。夕はクールに見えたせいで、割りきった付き合いができると勝手に思っていた。元々ちょっとした好奇心だったのだ。自分とは違った空気感を持つ人間への。長い時間を共有しようと思っていたわけじゃなかった。

俺の帰りが遅くなったり、携帯を構うようになったりしたから美樹も疑いだしているようだった。美樹の機嫌が悪いと、家で落ち着けない。店に顔をだすことを少しずつ減らして、電話もほとんどしなくなっていった。

結局、と俺は思った。紅くても白くても花は花であるのと同様、見かけはどう見せても女はうるさいものなのだな。

「なんで盆栽に鈴なんかつけたの？」

休みの日だった。春のあたたかい日差しの中でうとうとしていると、美樹がベランダから声をあげた。俺が身を起こすと、部屋に入ってきた。手で錆びた鈴が揺れている。

「なんかリンリン聴こえる気がすると思ったら。何、おまじないかなんか?」

「まあ、そんなもの。虫よけだって、人からもらって」

俺が鈴を取ろうとすると、美樹は手を引っ込めた。

「でも、虫いなくなってたよ。葉っぱもたくさんついてたし、かけといた方がいいかもね」

「嘘」

俺は飛び起きて、ベランダにでた。あれ以来、夕は梅については一度も訊いてこなかったからすっかり虫のことを忘れていた。

梅の木は黄緑の葉を揺らしていた。枝も前より伸び伸びとして見える。そして、あの気色の悪い虫は一匹もいなかった。美樹が「良かった、良かった」と言いながら部屋に戻っていった。

しばらくして、少し曇った声で「電話鳴ってるよ」と言った。慌てて部屋に戻る。やはり夕からだった。店の休憩時間なのだろう。

「でなくていいの」

けげんな表情で俺を見る。

「いい」と答えてテレビをつけた。すかさず美樹がリモコンを奪い、画面を消す。ぎくりとした。

「ちょっと、話があるんだけど」

「テレビつけてちゃまずいわけ」

「うん」

珍しく神妙な顔だ。溜《た》め息をついて座り直すと、「はい」と小さな冊子を差しだしてきた。

淡い黄色とピンクの冊子には母子健康手帳の文字があった。美樹がにっこりと笑った。

夜に煙草を買いに行くと言って、外にでた。夕に電話をかける。すぐにでた。けれど、黙っている。

「もしもし」と言うと、静かな声で「久しぶり」と答えた。

「今日はお休みよね」

電話の後ろがしんとしている。夕のひっそりとした部屋を思いだす。

「会いたいのだけど」

俺は少し息を吸い込んで言った。

「もう、しばらくは無理かも」

夕は黙っていた。

「彼女が妊娠したんだ。長い付き合いだし、まあ、結婚することになると思う。いろいろやることがあるし、忙しくなる。まあ、落ち着くまでは」

夕はくすりと笑った。どういう意味の笑いなのか判断がつかない。夜の空気が生臭く感じて、落ち着かない気分になった。

「彼女、いないんじゃなかった？」

「そうは言ってないと思うけど」

俺がはぐらかすと、小さく「まあ、いいわ」と言った。

「虫はどうなったの？」

俺はあの晩の約束を思いだした。もし虫を駆除できたら私が寂しい時に会いに来て。

「虫はいなくならなかったよ。梅は枯れた」

嘘をついた。どうせわからないだろう。

「本当に？」

笑いを含んだ声で夕が言った。「うん」と俺は少し早足になりながら答える。

「じゃあ、鈴はあなたのものなのね」

そう言って黙った。ゆっくりと、念を押すような声だった。しばらく俺も黙る。大学生くらいの集団が横を笑いながら通り過ぎていく。

「外からかけているの？」と、夕が訊いた。そして、少し尖った声で言った。

「嘘つき」

ぴりっと電流めいたものが走った。

「あのさあ、お互い大人なんだしわかるだろう。悪いとは思うけどさ、こういうことって仕方ないこともあるだろ」

言ってしまって気付いた。夕の微笑みにいつの間にか苛立ちを募らせていたことに。それを見抜いたかのように夕はまた小さく笑った。そう、この何もかも見透かすような態度に薄気味悪さを感じていたのだ。ぬるい風呂につかった時の腹の底からじわじわと冷えていく感じに似ている。

「ええ、そうよね。仕方がない」

黙っていると、やがて電話が切れた。

掌《てのひら》にうっすらと汗が滲《にじ》んでいた。べたべたとした。ジーパンの尻に乱暴に擦りつけると、しばらく夜道を歩いた。


暗闇の中、紅くほのかに光るものがあった。

女のようだった。真っ赤な絨毯《じゅうたん》のようなものの真ん中に座っている。よく見ると、絨毯と思ったものは全て掌に載るくらい小さな達磨だった。それらが一斉にこちらを向いた。

ふくふくとした色白の、紅をさした女達磨たちがふるふると揺れた。頬が桃色に染まって、紅がてらてらと輝く。無数の垂れた目尻がこっちを見ている。その中で、これまたふくよかな女が手招きしていた。紅い口が大きく裂けるように笑った。髪に隠れて表情はわからない。

紅い一群が震える。大きく、揺れた。女達磨たちが分裂して、ぐんと盛りあがるように増える。ぐん、ぐんと、どんどん増えていく。溢《あふ》れかえる小さな達磨たちはみちみちという音をたてている。

逃げようとしたが、足が動かなかった。紅い玉たちはむくむくと脹《ふく》れあがりながら、俺の足元まで押し寄せてきた。みちみちみちみち。呟きがこだまする。

ぴちゃりと湿った感触がした。目の前が紅で覆われていた。

飲み込まれる、と思った。

飛び起きた。Tシャツが汗でぐっしょり濡れていた。

美樹はぐっすりと眠っていた。息を整えながら眺めていると、しきりに胸や腕を掻《か》いているのに気付いた。

携帯のライトで照らして見ると、紅い発疹《ほっしん》ができていた。鳥肌がたった。そのまま、朝までまんじりともできなかった。

「妊娠のせいじゃないかな、小さい頃アトピー体質だったしね」と、美樹はさらりと言った。俺が病院に行けと言うと、笑いながら「はいはい」と頷いた。

「それより、最近変な夢を見るの」

紅茶にミルクを入れながら美樹が遠い目をした。

「どんな」

「いや、なんかめでたそうな夢だから産まれるまで内緒にしておく。そういうのって人に話すと効力が落ちるんじゃなかったっけ？」

「そうだっけ」

俺はそう言うと、トーストを口にねじ込んで席をたった。「ちゃんと病院に行けよ」と、念を押した。

美樹の発疹はどんどん増えた。小さな紅いぶつぶつが柔らかいところから徐々に広がっていった。微熱もでているようだった。妊娠中だから飲み薬は駄目だと言って、よく横になっているようになった。無性に眠たがった。

いつもはうるさいくらいによく喋る美樹が寝ていると、家は妙なくらい静かだった。灯の消えたよう、とはよく言ったものだ。なんとなく薄ら寒く、天井が高く感じた。

仕事から帰ると、たいてい美樹はもう寝ていた。いつも念入りにしているマニキュアも剝《は》げて、心なしか隈《くま》もできているように見えた。そして、胸元からは紅い発疹が覗いていた。

腫《は》れぼったい顔をして眠る美樹を見る度、不安になった。美樹はほとんど食べなくなってしまったので、お腹の子どものことも心配だった。

家はすぐに荒れた。料理だって、俺はおかゆすら作れないのだ。雑然とした部屋で買ってきた味の濃い弁当や総菜を食べていると、体がにぶっていくように思えた。一人暮らしの頃は部屋が汚かろうと不摂生だろうと何も感じなかったのに。元々ないのと、一度あったものがなくなるのでは違うのかもしれない。それとも、こういうことに侘《わび》しさを感じるというのは、歳《とし》をとったということなのだろうか。そんなことを考えると憂鬱になった。

二週間くらいたったある日、帰ると居間から明かりがもれていた。玄関脇の洗面所もすっきりとしている。

美樹は台所に立っていた。ご飯の炊ける匂いにほっとしたものが広がる。「体はいいの？」と、声をかける。

「なんかほてりが取れたの」

鍋をかきまぜながら、美樹が久々に張りのある声で言った。首筋にあった発疹の赤みが薄まっている。ふと、高い音が耳に入った。

「あれ」

換気扇の下に鈴がかけてあった。リーンリーンとはかない音をたてている。

「梅は？」

「ああ、いつの間にか枯れちゃってたの」

「枯れたの？」

美樹は振り返らず頷いた。

夕のことを思いだした。あれから連絡はなかった。不気味な女達磨の夢は気になったが、一度きりだった。きっと俺にも罪悪感があったのだろう。

「これ、取っていい？」

手を伸ばすと、美樹がきっと睨《にら》みつけてきた。

「だめ。その音聴いていたら頭がすっきりするの。なんか、あの夢思いだすの」

「夢」

「あ、でも梅は枯れちゃったしな。あの夢、めでたい夢じゃなかったのかな」

ぼやくように美樹は言った。俺は背広を脱ぎながら「どんな夢だったの」と尋ねた。

「なんか、大河ドラマみたいな畳の大広間に赤い絨毯が敷いてあるの。遠くから鈴の音がしていて、襖《ふすま》が自動ドアみたいにひらいてくのね。だから、どんどん進んでいくの。そしたら、鈴の音がどんどん近くなって、孔雀《くじゃく》みたいなものが描かれている極彩色のすごい襖が現れるの。それがひらくとね、あるの」

「何が」

「金屛風《きんびょうぶ》が。すごい立派なやつ。金粉みたいのもきらきら舞っていてね。いい匂いがして。その金屏風の前に立派な盆栽があるの。太い幹の。紅い花がいっぱい咲いていてね。揺れて、花が散るの。その度、甘い匂いと鈴の音がいっぱいになっていって。そんな夢」

頭がすっきりすると言ったくせに、とろんとした目で美樹は語った。それから、我に返ったように鍋をかきまぜた。

俺は揺れる鈴を見上げた。久々に元気そうな美樹を見ると、鈴を取り返しにくくなった。

数日たつと美樹の発疹は消えた。けれど、鈴を取ろうとしたら怒った。正直、俺は鈴の音が気に障った。小さな音だが、いつでもひそやかに鳴っている気がする。耳にこびりつく。そのうち、こっそり外そうと思った。

本当は少し落ち着いたら夕に鈴を返しに行くつもりだった。そのことだけでも告げようと電話したら、現在使われておりませんと無機質なアナウンスが流れた。ひやりとしたものがよぎった。

気になったので、休憩時間に夕のカフェに向かった。疎水沿いはやけに人が多かった。苛々しながら信号待ちをしていると、雪のようなものがフロントガラスに散った。

桜並木が満開だった。澄んだ青い空の下、桜がわさわさと揺れていた。花は遠くから見ると、白い紙にうっすら血をにじませたような色だった。朝から妙に見るもの全て白っぽい気がしたはずだ。胸がざわついた。風にのった白い花びらが無数に散って、視界をちらつかせる。

駐車場がいっぱいだったので、近くの図書館に停めて店に向かった。なんとなく小走りになる。

入った途端、知らない女性が「いらっしゃいませ」と笑った。店はいっぱいのようだった。店内を眺め回していると、厨房から見覚えのある女性がでてきた。夕といつも一緒に働いていた子だった。俺を見ると、小さく口をあけて奥に引っ込み、すぐにまたでてきた。

早足で近付いて、紅い小さな封筒を渡してくる。

「あの、夕は実家に帰ってしまって。これをあなたにって。あと、今いっぱいなので、ちょっと待ってもらっていいですか」

「いいよ、また来るから。ありがとう」

店の外にでて、封筒をひらいた。春の日差しで封筒の紅色はつやつやと光っていた。あの女達磨を思い起こさせる。中には二つ折りにした白い紙が入っていた。

そっとひらくと、ふわりと白梅の甘酸っぱい香りがした。けれど、何も書かれていなかった。ただ、真っ白だった。

風が吹いて、桜の花びらが数枚散った。

真っ白な紙の上で花びらは青ざめて見えた。夕の切れ長の目と、薄い微笑みが蘇った。血の通ってないような青白い肌。

ぞくりと背筋が寒くなった。携帯をひらくと、美樹からメールが来ていた。空っぽのメールだった。美樹はそそっかしいので、たまに間違えて空メールを送ってくることはあった。けれど、いつもはすぐ謝りのメールが来ていた。絵文字だらけの文で。なのに、空メールだけだった。真っ白な画面が胸を刺した。

美樹に電話をする。三回かけたが、でない。

人の群れをかき分けながら、俺は車に走った。車を飛ばして家に向かった。

平日の単身者用マンションは静まりかえっていた。エレベーターを待つのがもどかしくて、走って階段を上る。心臓が大きく脈打っている。鍵を取りだした手が震えていた。ぶつぶつと頭の中で恐怖が増殖していた。

一体、何を恐れているんだ、俺は。

きっとたくさんあるからだ。あんなに、たくさん花が咲いているから。

だから、こんなに胸が騒ぐんだ。

渡り廊下を走り抜け、玄関を勢いよくあけた。美樹の名を呼びながら寝室を覗く。

ベッドは空っぽだった。虫が抜けでたように、すっぽりと黒い空洞ができていた。

顔をあげた瞬間、首筋を風が抜けた。甘い匂いのぬるい風だった。

居間へ通じるドアがひらいている。かすかな高い音が耳を掠《かす》める。一歩一歩近付くほどに強くなる。ひっきりなしに鳴り響いている。

鈴の音だった。

高い澄んだ声で日差しに跳ねるように歌っている。

一体、どこから？　ひとつの鈴の音なんかじゃない。たくさんの鈴が満ちて、揺れて、わんわんと響いていた。俺は鈴の反響する部屋の真ん中に立ち尽くした。換気扇の下に鈴はなかった。なのに、音はどんどん大きくなる。

耳を押さえようとしたその時、風が吹いて視界の端で白がふわあっと舞った。カーテンだった。ぱっと足元に紅いものが散った。ぐらりと眩暈《めまい》がした。頭が鈴の音でみちみちている。割れてしまいそうだ。床にこらした目が止まった。

ベランダに続くガラスの引き戸が全開だった。

その前に美樹のピンクのスリッパが綺麗に揃《そろ》えられていた。

もう一度、真っ白なカーテンが空気を含んで大きく揺れる。

灰色のコンクリートの上に梅の盆栽がぽつんと置かれていた。ねじれた黒い幹で、紅い花が微笑んでいた。

鳴り響く鈴の音が、消えた。

アマリリス

いばら姫

「さやちゃん、寝ているの？」

流しの前に立つ母に声をかけると、眉間に皺《しわ》を寄せてふり返った。

「おばあちゃん、でしょ」

「でも、お母さんだってそう呼んでいるじゃない」

「だって、そう呼ばないときょとんとした顔するのよ。でも、やっぱりお義母《かあ》さんに向かってちゃん呼びするのは抵抗があるわ。そういえば、ちょっと静かね。見てきてくれる？」

見なくてもわかっている。誰かの寝ている気配を間違えたことはない。

家人の誰かが寝ていると、ひたひたと低い空気が押し寄せてくる。

規則正しい吐息が古い廊下を伝わり、襖《ふすま》の隙間を抜け、するりと背中に滑り込む。

それでも、食卓の椅子から立ちあがる。母が茹《ゆ》でたほうれん草をざるにあけた。もうもうと湯気がたちのぼる。

「ずっとこっちにいるの？」

さりげない風を装ってはいるが、気にしているのは知っている。

一週間前に仕事を辞めた。医療機器メーカーの事務だった。たいていの女性は三十になる前に辞めてしまうような会社だったから、あっさりとしたものだった。それから、ずっと実家にいる。

「わからない」

あれこれ言い訳するのが億劫《おつくう》で、正直に答えた。

「たまにはのんびりするのもいいけれど、ちゃんと期限を決めなさいよ。アパートだってずっとそのままってわけにはいかないでしょう。こっちに帰ってくるなら引き払わないと」

「はいはい」と言いながら廊下にでた。

木の床が裸足《はだし》の足に心地好い。もう夏も終わりかけ。古い家だから夕方になると風が抜ける。

さやちゃんの部屋は空だった。縁側へ向かうと、柱にもたれかかる小さな丸い背中が見えた。

祖母は今年で八十三歳だ。たくさん薬は飲んでいるが、ひどく悪いところはない。けれど、数か月前からよく眠るようになった。昔からよく眠る人だったらしいが、最近は一日二十時間近く寝ている。

そして、起きている間は少女に戻る。古い歌をうたったり、恥ずかしがってものかげに隠れてもじもじしたり、くすくす笑ったりしている。認知症の症状がでてきたのだろうと医師は言ったが、暴れたりするわけではないので家にいる。

さやちゃんの眠りは父のものとも母のものとも違う。休息のための眠りではない。眠りのための眠り。眠る自分をうっすら意識した眠り。だから、寝顔も少女のものだ。弾力を失った皺だらけの皮膚、白く薄い眉毛《まゆげ》。どうみても老婆《ろうば》そのものなのに、青い少女の気配がある。私はしばらくそれを眺める。

「さやちゃん」と肩を揺らすと、静かに目をあける。一瞬さまよって、私を認めると色の褪《あ》せた唇でふっと笑う。さやちゃんは私のことを自分の姉だと思っている。あどけない透明な微笑《ほほえ》みだ。父はこの笑顔に出会うと面食らうらしい。少女の頃の母親など見たことはないので当然だろう。

けれど、私は見逃さない。微笑む前にほんのわずかだけれど、落胆の色がにじむのを。白い月がかかった夕暮れのような寂しい色だ。すうっと弱りかけの蟬《せみ》の声が遠のいていく。

見る度、思う。さやちゃんは待っているんだ、と。真実に近いくらいの確信で。何をかはわからない。けれど、私も待っているからわかるのだ。

待っていると長くて、辛《つら》くて、早く時間がたって欲しくて気が狂いそうになる。だから、眠る。自分を止めて、その間に時間だけがたってしまえばいい。意識の底で、そう願って。

きずりながら。

「さやちゃん、まだ、眠い？」

さやちゃんはこくりと素直に頷《うなず》く。おさげにした白髪が西日にきらきらと光る。小さな乾いた手を取ると、私たちは廊下の奥の部屋に向かった。影のような眠気を引

「誰が一緒に眠りなさいなんて言ったかしら」

母の声で目をあけると、部屋が暗闇に沈んでいた。湿り気を帯びた空気には、まだほんの少し紺色が残っている。廊下からの明かりを背負って母の姿が黒い影になっている。

さやちゃんは私に背中を向けてタオルケットにくるまっていた。

畳に手をついて起きあがる。脳が痺《しび》れたようになっている。頬についた畳の跡をさすっていると、母に背中を叩《たた》かれた。

「ほら、しゃんとして。昼寝もしていたのに、まだ眠いの？　やっぱり血かしら、もう二人して困るわね。さっさと起きて、ポストから夕刊取ってきて」

ぱっと蛍光灯が点《つ》く。目の奥に白い光が刺さる。

母が食事の載ったお盆を持って、さやちゃんの枕元に座る。さやちゃんはおにぎりが好きだ。何も入っていない白おにぎりに、きな粉をたっぷりまぶしてあげると喜ぶ。どうやらそれも小さい頃好きだったもののようだ。あまり甘いもののない時代だったのだ

ろう。

昨日、皺に覆われた口の中にチョコレートのかけらを入れてあげた。さやちゃんは目をとじて静かに口の中で溶かしているだけで、そんなに喜ばなかった。自分の子ども時代にあったものにしか反応しない。

母がスプーンを持ってタッパーからきな粉をすくいだすのを、横目で見ながら立ちあがると玄関に向かった。

実家は植物で覆われている。母とさやちゃんが好きだからだ。

さやちゃんになってしまう前の祖母は物静かで優しい人だった。けれど、あまり印象がない。植物みたいな人だった。存在感も害もない。父と母は祖母の認知症を深刻に捉《とら》えているようだが、私は今のさやちゃんの方が好きだ。泣いたり、ぐずったり、突拍子もないことをしたりするし、身のまわりのことも手伝ってあげなくてはいけないけど、なんだか自分に近くなった気がするのだ。人間らしいというか。母には口が裂けても言えないけれど。

母と祖母は仲が良かった。一緒にお花を習ったり、野菜を育てたりしていた。この家は祖母が生まれ育った家だ。祖父が亡くなった後、祖母はこの家に戻ることを望んだのだ。たまたま父の勤務地からそんなに離れていなかったため、同居することになった。帰省する度に植物の密度が濃くなっていく。そのおかげで夏もずいぶんと涼しい。

どことなく薄紫じみた蚊取り線香の煙をかきわけて玄関をでる。門に続く飛び石をぽんぽんとリズムをつけて踏んでいると、門の外に人影が見えた。前かがみになって門の隙間から中を窺《うかが》っているようだ。私に気がつくと、顔をあげた。しょぼしょぼとした目のおじいさんだった。麻の背広を着ている。

「北原《きたはら》さやさんのお宅ですかね」

細い目を一層細めてそう言った。内緒話をするようなひそひそとした声で。小刻みに体を揺らしている。

「そうですけど」

つられて私も小さな声になる。

「そうですか」

最後の「か」を「あ」になるまで伸ばして言うと、おじいさんは何回か頷いた。祖母は今は少女に戻ってしまっていますよ、と伝えた方がいいだろうかと悩んでいると、

「ほな、お世話かけました」とあっさりきびすを返してしまった。

がに股《また》の後ろ姿が濃紺の空気に消えていくのをしばらく眺めた。遠くの方で犬の鳴き声が響いた。

ポケットの中の携帯を取りだす。着信もメールもない。光る画面は時間だけを表示し続けている。やがて、それも息絶えるように暗闇に消えていった。

奥田《おくだ》さんに心の中で話しかける時、メールを打つ時、私はつい「あなた」という言葉を使ってしまう。今までの恋人にはなかった、奥田さんだけだ。そもそも、奥田さんが恋人かと問われれば、自分はそう思っていたとしか言えないのだが。

えらの張った男らしい顔の奥田さんに「あなた」という言葉が似合うかと言えば、そうでもない。年上だからというわけでもない。ただ、きれいな言葉を使おうとしてしまう。まるで、そうすることでこの関係を正当化しようとするかのように。

不倫、という言葉を聞くと、ぎくりとしてしまう。何だか、浅ましいことをしているような気がして。私はただ奥田さんが好きなだけだ、少しでもそばにいたいだけだ、そう思いたい。友人はそんな私をきれいぶっていると言う。けれど、汚いことだと思いながら続けることなんかできない。

最初から「自分がしてあげられることは限られている」とは言われていた。それでもいいと懇願したのは私だ。でも、どこかで楽観していた。夫婦仲がうまくいってないと聞いていたから。同じ営業所なので、嫌でもいろいろな噂《うわさ》は入ってくる。

けれど、休みも一緒に過ごせないし、好きな時に電話もできないし、何より部屋に来ても朝になる前に帰ってしまう。友人に紹介することも、形に残るプレゼントもできない。奥田さんは営業なので終わるのが遅く、いつも私が待たされた。そういう不自由な事実が段々と思考をせばめていった。

そのうち、奥田さんは「そんなに求められても応えられない」と言うようになった。その頃からメールがあまり返ってこなくなった。会っても前のような親密な雰囲気がなくなった。不安になった私はなんとか繋がっていたくて確かな絆を求めたし、求められると奥田さんは黙りこくった。

鳴らない携帯を眺めながら、何度も今までのことを思い返した。今までもらったメールを見返した。自分がこうやって連絡を待っている間、奥田さんは奥さんや子どもと寛《くつろ》いだりしているのかと思うと、叫びだしたくなるような苛立《いらだ》ちに駆られた。自分の存在が消えていきそうな焦り。けれど、連絡が来るかもしれないから遊びに行く気にもなれなかった。

嫉妬《しっと》やら不安やらにぐるぐると苛《さいな》まれているうちに、眠りが忍び寄ってくる。

それは、まるで誰かがひっそりと私の裏側に回ってコードをすっと引き抜くような眠りだ。そのコードの先には温かい血管やら、束になった筋肉の繊維やらが滴《したた》っていて、何もかもずるりと流れ落ちるように抜けてしまう。そして、私は崩れ落ち、ひたひたと満ちた液体にゆっくりと広がっていく。夜の海のような。それは、恐ろしいくらいにどこまでも続いていて、深い。

一か月前のことだ。奥田さんが「悪かった」と言った。

「もうこれ以上、何も約束できないのに真由《まゆ》を留《とど》めておくことはできない。何度も言ったように俺がしてあげられることは限られているし、それで満足できないにしてもこれ以上のことは今は何もしてあげられないから」

背広を着たままソファに腰掛けて、本でも朗読するみたいに言った。「真由は俺と違ってまだ若いし」と、つけ加える。

私は冷蔵庫からアイスティーをだしかけて、中腰のままふり返った。

「それってもう終わりってこと？」

「いや、そこまで詰めてはいない。俺の立ち位置はここまでってだけ。あとは真由が決めたらいい」

「奥田さんはどうしたいの？」

「俺は希望なんて言える立場じゃないし、いつまでかもわからないのに待っていてくれとは言えない。そっちが決めてくれたことに従うよ」

何を言っているのか、まったく理解できなかった。

しばらくたって、自分が憤っていることに気がついた。なんてずるい男だろうと思った。さも、私のためを思っているかのようなことを言って、憎ませてもくれないなんて。ただ、面倒になっただけのくせに。けれど、腹をたてて追いだしてしまったら、まるで自分がふられたように傷ついた顔をするのだろう。それだけは見たくなかった。

「少し考えたいから」

やっとそう言うと、奥田さんはそれを予期していたかのように立ちあがり、そそくさと部屋をでていった。何か言っていた気もするが、よく覚えていない。

車の音が外から聞こえた瞬間、帰してしまったことを後悔した。それから、奥田さんが考えを改めて帰って来てくれるのではないかと淡い期待を抱いた。

携帯を握りしめたままベッドに横になった。何もする気にならなかったのだ。何も考えたくなかった。ただ、待っていたかった。そのうちに寝てしまった。

目が覚めると、枕元の時計は三時を指していた。エアコンを点けっぱなしにしていたので、部屋は冷蔵庫の中みたいだった。ふいに違和感を覚えた。

カーテンの隙間から光がもれていた。

ぎょっとして携帯を開くと、十五時と表示されていた。

ぞっとした。私は半日以上寝てしまっていた。ただただ来ない連絡を待ち続けたまま。たまたま休みの日だから良かったようなものの。

眠りは短い死だ。隔絶された時間だ。いつだったか、そんなようなことを言っている人がいた。

カーテンをあけるのが怖かった。ちゃんと眩《まばゆ》い現実が広がっていなかったらどうしたらいいのかわからなくて、私はしばらく冷え切った部屋で震え続けた。

このまま、一人で暮らしていたら自分はきっとおかしくなってしまうと思った。

それから、連絡は来ない。奥田さんはそういう人だった。

少しでも距離を縮めようとすると、ああいう境界線をはっきり示すようなことを言う。それでもいいと私が言えば、またすっと戻ってくる。けれど、一定の距離以上は近付いてはこない。なんやかやと小難しい理屈をつけて、線の外側にいる。いばらの垣根で囲まれているようだ。近寄ろうとすると、ぶすぶす刺さって血が流れる。私は奥田さんが棘《とげ》だらけの垣根をはらってきてくれるのを、たった一人でじっと待つのみなのだ。試練のように。

こういう人に言えない関係は孤独だ。誰に相談したとしても返事はわかりきっているから。それも知っていたはずなのに。

一人でいたらまた連絡してしまい、同じことの繰り返しになるのはわかっていた。かといって、もう一人で待ち続けるのも恐ろしかった。このまま自分だけ時間が止まってしまいそうで。

環境を変えたら何か変わるかもしれないと思った。

会社を辞めて実家に帰ってきたけれど、本当は奥田さんの気を引きたかったのかもしれない。未だに私は性懲りもなく、眠りを貪《むさぼ》っているのだから。

「血って何のこと？」

ご飯の後、アイロンをかける母に訊《き》いた。

「何？」

「ほら、さっき言っていたじゃない。さやちゃんと私がよく寝るって」

「ああ」と、母は霧吹きをしゅっしゅっと鳴らしながら笑った。

「嫌なことがあると眠るのよね」

「嫌なこと？」

「うーん、自分ではどうにもできないことかな。今のおばあちゃんは歳《とし》のせいだろうけど、昔はそうだったみたいよ」

シャツワンピースのボタンが取れかけていた。私は戸棚から裁縫箱を取りだした。

「ああ、それよ」と、母がこっちを見ながら言う。

「おばあちゃんがよく寝るようになった原因のひとつ」

「裁縫箱が？」

「ううん、針。針がね、入っていたんだって、食事の中に。他にも座布団に刺さっていたり。お姑《しゅうとめ》さんがね、意地の悪い人だったみたいで。おばあちゃん、穏やかな人だったから何か言い返すこともできなかったみたい。夫婦仲も実はあんまりだったらしくて、おじいちゃんにも助けてもらえなかったのね。離婚なんてできる時代じゃないし、悩んでいるうちに気付いたら眠るようになってしまったんだって。まあ、寝ていたら怠け者って言われて余計意地悪されたから悪循環だったたって言っていたけど」

母は力を込めてアイロンを動かした。

「何それ、陰険……意地悪って言うか、本当に刺さったら危ないじゃない」

「そう、だからいつも針の数を確認していたって。ちゃんと裁縫箱しまっておいてね、おばあちゃんの目に入ると落ち着きをなくすから」

母はちょっと険しい目をした。

「さやちゃん、子どもの頃にあったことにしか反応しなくない？」

「針だけは特別なの。思いだしたくない時代の象徴みたいになっているのね。きっと心のどこかにまだ刺さっているのよ。だから、今でもあんなに眠るんじゃない？」

私はワンピースを脱ぎながらため息をついた。

「嫌なことから逃げてるだけか」

「何だと思ったの？　あなたは完全にそうよ、昔から。学校で嫌なことがあったりすると、帰ってすぐ寝てたもの。あのね、時間は解決してくれないのよ」

「そんなの、わからないじゃない」

私が言い返すと、母は少し手を止めた。それから、きっぱりと言った。

「そうね、何の保証がなくても待てるならそれでもいいかもしれない。それとも、必ず報われるという確信があるか。でも、お母さんは無理かな、待てないわ。きっと後悔するもの」

私は俯《うつむ》いて、取れかけのボタンの糸を鋏《はさみ》で切った。糸は繊維がほどけてよれよれになっていた。しょっちゅう恋人を替える友人の言葉を思いだした。痛いのは切る瞬間だけ、切ってしまえばもう自分とは関わりがなくなるのだから何とも思わなくなる。抜けかけのぐらぐらした歯と一緒よ、抜けないから気になるだけ、と彼女は笑った。

それは、なんとなくわかる。納得がいかないのは、どうして私がそれをしなくてはいけないのかということだ。きっと、奥田さんは私が自分から切れないことを見越してああ言っているのだろう。本当に奥田さんはずるい。責任を持ちたくないから全て私に決めさせる。私は母と違って流されやすいタイプなのだ。揉《も》め事を避けたくて、なんとなく相手の思惑に流されていく。お姑さんに意地悪されていた時のさやちゃんの気持ちは少しわかる。誰も助けてはくれないのなら、じっと過ぎるのを待っている方が楽だ。

針を持つ手が鈍ってきた。気分を変えるために母に話しかける。

「そういえば、さっき門のところにおじいさんがいた。さやちゃんのこと訊いてきたよ」

「ああ、最近よく見かけるのよね。知り合いなのかしらね。今度会ったらお庭でも案内してあげれば？」

「大丈夫なのかな、今のさやちゃんに会わせて」

「もう、そういうことがあってもおかしくない歳だし大丈夫よ」

母はゆったりと答えて、「もしかして」とちょっと動きを止めた。

「おばあちゃんのお世話とかが心配で帰ってきたの？」

返事をしようとしたら、親指に針を刺してしまった。ぴりっとした痛みが背筋を走り抜ける。血が丸い玉になっていく。目が覚めるような鮮明な赤だった。

現実の痛みが必要なのかもしれない。きちんと血を流さなくてはいけないのだろうか。そうしたらちゃんと目が覚めるのか。

もりあがった血が崩れて親指をつたった。


親指で唇に触れるのが合図だった。

奥田さんは体のわりに小ぶりな手をしていた。私の機嫌を損ねると、顎《あご》を持ちあげて指の腹でそっと唇をなぞってくる。謝ってくるわけでも、話をそらすわけでもなかった。ただ、黙って手を伸ばしてきた。

私は時々、奥田さんを憎んだ。

はじめて「真由を待たせているのは悪いとは思っている」と言われた時からだ。待っていると思われているのは心外だった。奥田さんに家庭があるのは嫌だったけれど、それを壊してまで自分が結婚したいわけではなかったから。むしろ、四十代後半だというのに、二十も年下の子とこんなことをしている男なんて願い下げだった。少し肉のつきだした胴回りや疲れの取れにくい肌を、蔑《さげす》んだ気持ちで眺めることもあった。思いあがらないで欲しい、と腹立たしくなり、わざと反抗的な態度をとってやろうと思ったりもした。

けれど、奥田さんの指が唇をなぞると、そんなことが一気にどうでもよくなってしまうのだった。ぐんにゃりと体が柔らかくなって、身をまかせてしまう。そして、全てがうやむやのまま私は眠ってしまい、起きたらもう奥田さんの姿はない。

きっと、私は呪縛にかかったのだと思う。

会社の忘年会の時だった。飲みすぎた私は気持ちが悪くなって廊下に座り込んでいた。お座敷からはみんなが騒ぐ声が遠く聞こえていた。体が重くて、視界がぐらぐらと揺れていた。吐き気がこみあげてはくるのだが、足に力が入らなくてぐったりと壁にもたれていた。空気がどろどろの液体のように感じた。

唐突に脇の下に何かが差し込まれた。と、思った途端に強い力で体が持ちあげられた。そのまま、私はトイレに連れていかれた。

便座の前に膝《ひざ》をついてやっと奥田さんだと気付いた。

とても落ち着いた隙のない印象の人で、私は仕事以外ではほとんど話したことがなかった。業務成績がコンスタントに良いので有名な人だった。

「吐いたらすっきりするから」

静かな声が耳元で聞こえた。膨張していた音や視界が急にくっきりした。私は慌てて首をふった。頭がぐらぐらして、気持ち悪さで目が潤んだ。

「吐けないの？　じゃあ、口あけて」

拒む隙もなかった。まるで医師のように迷いのない仕草で私の上体を支えると、顎を押さえて、指を舌の奥に突っ込んできた。ぐっと喉《のど》に力がかかった瞬間、熱いものがこみあげて、私はだらだら涙を流しながら吐いた。

奥田さんは手を洗うと、私にうがいをさせて、涙と口を拭ってくれた。嫌な顔もしなかったし、気を遣って何か言ってくれるわけでもなかった。自分のできることを手際よくやっているだけという感じだった。私は奥田さんのキーボードを素早く打つ音や、説明会の資料をてきぱきと準備する姿を思いだした。その姿と何ら変わりがなかった。

さっきいた廊下に戻って座っていると、奥田さんはあたたかいお茶をもらってきてくれた。

そして、しばらく背中を撫《な》でてくれた。その頃になって、私はやっと「ありがとうございました」と呟《つぶや》いた。「気にしないで」と、奥田さんは言った。そして、少し顔をゆるめた。

そんなことがあったから、私は奥田さんに対してはもう取り繕えなくなった。奥田さんの指が口の中に入ってきた時点で、私は何もかもさらけだして、そして何もかも許してしまったのだと思う。

だから、「待たせている」という言葉を奥田さんが口にしただけで、表面では違うと反発しても、心の底ではその状態を受け入れてしまっている。ああ、自分は待っていたんだ、と。まるですり込みのように。どんなに避けようとしてもめぐってくる呪いのように。

そして、それ以外何も考えさせまいとするように、ゆっくりと眠りが忍び寄ってくる。

縁側に座って、ぼんやりと庭を見ていた。

お昼を過ぎると縁側は日陰になる。蚊取り線香の煙がゆらりとまわりを漂っていた。晴れた日の光あふれる庭を見ると妙に泣きたくなる。それが奥田さんへの想《おも》いなのか、午後のふんだんな光のせいなのか私にはわからない。どうして世界はこんなにも鮮やかなのか。

さやちゃんは隣に座って、繰り返し同じ歌を口ずさんでいた。

「アマリリス」がお気に入りのようで、ほぼ毎日それだった。どこからと思うような細く高い声でうたう。私は「調べはアマリリス」のところしか歌詞を知らなかったので、二番があることや、途中に曲調が変わるパートがあることをはじめて知った。「らりらりらりら」と、さやちゃんが楽しげにうたう。その部分をうたう時は妙に笑顔だ。朝はおねしょをしてしまいしくしく泣いていたのに、もう忘れている。

既視感にぐらりとする。一昨日と昨日と今日の区別がつかない。

この日常のせいじゃない。奥田さんから連絡が来なくなってからずっとだ。見えている景色があやふやな感じ。脳がいつも痺れたように重い。自分が一日何をして何を見たのか実感が持てない。夢のようにふわふわと流れていく、自分の意思とは無関係に。私はこのぼやけた輪郭がはっきりするのではなく、ぼやけた世界が当たり前になるのを待っているのだろうか。それじゃ寝ているのと変わらない。

水まきでもしようと立ちあがった時、生い茂った植え込みの向こうに人影が見えた。もしや、と思い小走りで門をでると、案の定この間見かけたおじいさんが庭を覗《のぞ》いていた。まだ暑いというのにちゃんと背広を着ている。

私が近づくと、さっと緑色のものを後ろに隠して下を向いた。

「こんにちは」

「はい、こんにちは」

ゆっくりと口元に皺をよせながら微笑む。ゆらゆらと頷いている。

「祖母のお知り合いですか？」

「ええまあ、幼なじみなんですわ。そうは言っても、私は最近こっちに帰ってきたんですがね。さやさんの『アマリリス』が聴こえて、懐かしなあ思って、つい覗いてしまいましたわ。えらいすんません、すんません」

何度も頭を下げる。あんまり腰が低いので、つい「よっていかれますか？」と言葉をかけてしまった。

「ええんですか？」

おじいさんはしょぼしょぼした目を見開いて顔をあげた。突然、生気が満ちた感じがした。

「ええ、でもちょっと祖母は最近物忘れがひどくて……」

言いよどむ私を、おじいさんは手で制すると「ええんです、ええんです」と笑った。何も気にしてはなさそうだった。嬉しそうに背広の皺を伸ばしたりなんかしている。

庭に入ると、すっと蟬の声と日差しがひいた。おじいさんの後ろから軽い振動音のようなものが聞こえた気がしてふり返る。おじいさんはまだ後ろ手で何かを隠したまま、そしらぬ顔を装っている。

少し心配になった。そういえば、このおじいさんは私と目を合わせない。どこか違うところを見ている感じだ。

私が立ち止まると、おじいさんも後ろでじっと立ち尽くした。片手で額の汗を拭っている。随分長く道に立っていたのだろう。気の毒になってまた歩きだす。

さやちゃんは縁側にいなかった。慌てて見回すと、少し離れた野菜畑の方で白いおさげが揺れていた。いつものように「さやちゃん」と呼ぶのがためらわれて、黙ったまま近付く。

サツマイモの葉が青々としていた。畑の土が見えないくらいびっしりと生い茂っている。さやちゃんはその中に立っていた。私があげた小花柄のワンピースの裾《すそ》をひらひらさせながらバッタを追っている。さやちゃんがよたよたと歩く度、青い茂みから何匹も跳ねた。手にはもう終わりかけの桔梗《ききょう》を握りしめている。

ふっと見えない糸でひっぱられたようにさやちゃんが顔をあげた。その目は私を透かしていた。まっすぐ、おじいさんを見ている。

小さな手がひらいて、紫の花がはらはらと濃い緑に散った。

説明しようと口をひらきかけた時だった。

「しげちゃん！」

大きな声だった。かさついた小さな体からは想像もできないような。

さやちゃんは両手を突きだして、驚いて立ち尽くす私たちの方によたよたと歩を進めていた。目を細めて笑っていた。もう一度、大きな声で叫んだ。

「しげちゃん、オニヤンマとってきてくれた？」

「オニヤンマ？」

私がふり返ると、おじいさんも顔をくしゃくしゃにしていた。私の問いかけなどまったく耳に入っていないようだった。背中に隠した緑色のものを震える手で差しだしながら、飛び跳ねんばかりにしてさやちゃんに近付いていく。虫籠《むしかご》だった。中で大きなトンボが羽を激しく動かしている。

「さやちゃん、うん、ちゃんととってきたで。約束のオニヤンマ。遅くなってすまんかったなあ」

さやちゃんは目を細めながら虫籠を覗き込んでいた。高い声でひっきりなしに笑いながら。おじいさんはそんな様子を愛おしそうに眺めていた。

しばらくして、おじいさんがくるりとふり返った。

「糸ありませんかね？」

「散歩させるの」と、さやちゃんがはしゃぐ。

私は呻《うめ》き声のような返事を喉の奥でなんとか絞りだし、家の中へと走った。居間に飛び込むと、母が驚いた顔をした。かまわず裁縫箱を摑《つか》んで庭に戻る。

さやちゃんたちは縁側に座っていた。二人して足をぶらぶらさせている。

裁縫箱をおじいさんに渡した瞬間、さやちゃんが針を恐れることを思いだした。けれど、さやちゃんの様子は変わらなかった。にこにことおじいさんの手元を見つめている。

オニヤンマは歯と羽をさかんに鳴らしながら暴れたが、おじいさんは慣れた仕草で糸を巻きつけた。しげちゃん、とさっきのさやちゃんの声が頭で響いた。この人も今はしげちゃんに戻っているのだ。

糸に繋がれたオニヤンマを渡されて、さやちゃんは誇らしげだった。笑いながら、ゆっくりと庭をまわった。

いつの間にか、母が後ろに立っていた。

「さやちゃんが待っていたのはこれだったんだね」

私が呟くと、おじいさんが頭を掻《か》いて笑った。

「約束しとったんです。やっと守れましたわ」

「真由はおばあちゃんが待っていたのを知っていたの?」

母が静かな声で訊いた。私は黙っていた。

オニヤンマだなんて子どもの願いだ。こんなことのためにさやちゃんは何十年も待っていたのだ。こんなことを望んでも良かったのだ。それが、しんから望むことであれば。そして、それは叶《かな》った。何十年もかかったけれど。

私は何を望んで、何を待っているのだろう。いつまで待っていられるのだろう。本当は奥田さんとどうなりたいのだろう。

きっと、さやちゃんは知っていた。信じていた。いつか願いが叶うことを。

答えは単純だったのだ。望まないことは叶わない。何をしたいのかわかっていない私が待ち続けても、何も起こるはずはなかった。

私とさやちゃんの眠りは覚悟が違ったのだ。私は待ててはいなかった。ただ、逃げていた。望むことからも、決めることからも。

さやちゃんの白い足は骨ばかりで、何度もふらついた。けれど、その日さやちゃんは昼寝もせずに何度も庭をまわった。

その晩、私は奥田さんにメールを打った。

一気に書いて、見直さずに送った。

何をしてあげられて、何をしてあげられないとか、もうそんなことはどうでもいいのです。ただ、あなたが私に触れたいと思うかどうかで、本心からそう思ってくれるならば会いに来てください。私はそれだけで満足なのです、きっと。私は一回でいいからあなたにちゃんと求められたかった。そして、朝まであなたと眠りたかった。それだけです。

そう書いた。そう、私は奥田さんに自分の存在を認めてもらいたかった。この関係が自分の想いだけで続いているようで、それが悲しくて悔しくて意地になっていた。本当は求めることなんてなかった、私は求めてもらいたかったのだ。

どこかに心を置いたままとか、次の予定を気にしながらとかではなく、帰る時間も考えないでぐっすりと一緒に眠りたかった。求められているという安心を得たかった。

返事はすぐに来た。「今どこにいるの」と。実家の近くの一番大きな駅名を告げると、少ししてから「明後日の夕方なら行けると思う」とメールがきた。

奥田さんはちゃんと来てくれた。スーツ姿だった。会社を早退して、家族には出張だと嘘《うそ》をついてきたと言った。私は「ありがとう」とも「ごめんね」とも言わなかった。代わりに口からもれたのは小さな笑いだけだった。

さびれかけた地元の駅で見る奥田さんはいつもより老けて見えた。会ったら、何かがこみあげてきて泣いたり怒ったりするかと思ったけれど、私は静かに笑っていた。

来てくれた。それだけで、私は充《み》ち足りていた。

お腹が減っていると言うので、駅前の居酒屋で軽く食べた。奥田さんはいつものようにビールを飲み、私も少しもらった。

「なんでこの街に?」

少し落ち着いたのか、奥田さんがけげんな表情を浮かべた。

「小旅行」と、答えた。

「会社を辞めたらあちこち旅行する予定だったから」

観光地でもなんでもない街なので、無理な嘘だとわかっていた。メニューを広げて、それ以上の質問を遮る。それでも何か言いたげな奥田さんを覗き込む。

「ねえ、奥田さんの初恋はいつだった？」

「え、幼稚園かな。あ、保育園だったかもしれない。よく覚えてないな」

「保母さんとか」

「そう」

「ありきたりだなー」と、私は笑った。

奥田さんも「まったくだな」と笑う。

肘《ひじ》をついてぼんやりと店内を見回す。奥のテーブルで五、六人の若者が騒いでいた。

ざわめきがオニヤンマの羽音に変わっていく。

「さやちゃんをね、嫁にもらうんだって、いっつも言っとりました。初恋だったんですね」

そう、おじいさんは言った。ゆっくりと麦茶を飲みながら。やはり私や母とは目を合わせなかった。

「あたしにとってはね、白いちいちゃなお花でした。それこそ、アマリリスみたいな。ずっと清らかなまんまで。黒くつややかな髪してました」

目を細めてさやちゃんを見守っていた。私はその慈愛に満ちた横顔と、はしゃぐさやちゃんを何度も見つめた。

顎から手を離して、奥田さんの横顔を眺める。

「ねえ、アマリリスって知ってる？」

小さく口にした。

「え、何？　いきなりだな、花だっけ？　そういえば歌でもあったな」

「花の方。どんな花か知ってる？」

奥田さんは軽く首をふった。あまり興味はなさそうだった。

「その花が何？」

「なんでもない。いいの」

奥田さんから目をそらした。

「それより、さっきから全然食べてないよ、具合でも悪いの？」

正直、食欲なんてなかった。味なんてわからなかった。

私はテーブルの下でそっと奥田さんの手を握った。

「ねえ、早くホテルに行こう」

「窮屈で嫌だって言っていなかった？」

奥田さんが意外な顔をした。ホテルに行くと、閉じ込められているような虚《むな》しい気分になったのだ。でも、もう気にならなかった。「いいの」と、笑った。

酔ったふりをして奥田さんの手をひいてホテルに向かった。

駅の裏にあるピンクと白のけばけばしいホテルだ。フロントには装飾過多な柱や安っぽいシャンデリアがあった。そこをずんずんと抜ける。

部屋に入ると奥田さんは背広とネクタイをハンガーにかけて、シャツの首元を緩めた。そして、ベッドに座る私を見下ろした。

奥田さんのいつもの動作を私は焼きつけるように目で追っていた。立ちあがると、そのひらきかけた口を唇で塞《ふさ》いだ。

壁が薄いのか、外から踏切の音がしたような気がした。舌を絡ませながら硬い髪に指をとおした。

奥田さんの厚い胸が好きだった。体に舌を這《は》わせている間、そっと頭を撫でてくれるところも。している時にぎゅっと手を繋いでくれるところも。黙ったまま、丁寧に抱いてくれるところも。好きなところはきっといっぱいあったのだ。私はそれを体を使ってひとつひとつ確認した。ひとつ気付く度に、枷《かせ》が外れていくような気がした。そして、それがかしゃんと音をたてる度に過去のものになっていった。まるで、儀式のように。

ずっと目をあけていた。奥田さんに言われたことや自分の想いばかりに捉われないで、もっと目の前の奥田さんだけをちゃんと見ていれば良かったと思った。だから、今は全部を見ていたかった。

私の体に触れる手や唇も。汗を浮かべながら激しく動く体も。いつもは表情に乏しいその顔が快感に歪《ゆが》む様も。

じっと見ながら繰り返し思った。あなたも私を見て、と。私だけを。今だけでいいから。

苦しげな奥田さんと目が合った。「いっていいか」と、かすれた声で訊く。私は小さく微笑むと、目をとじて奥田さんの呻き声を味わった。

ぼんやりと奥田さんの肩に頭をのせていると、奥田さんが「真由」と呟いた。

「明日の朝ごはんの時に話していい？　今日はもう、このまま寝たい」

そう言うと、少し間があいて、「わかった」と低い声が聞こえた。

「おやすみなさい」

「おやすみ」

そう言い交わすと薄闇を見つめた。エアコンの音が穏やかに響いていた。

しばらくたつと、奥田さんが鼾《いびき》をかきだした。えらの張った横顔を眺める。ちょっと触れると、止まる。けれど、また少したつと再び唸《うな》りだす。触れると、止まる。

笑いがこぼれた。実家の古い灯油ストーブみたいだった。母が足で突っつくと大人しくなるが、しばらくすると調子が悪くなり変な音をだす。

奥田さんの頬の匂いを嗅《か》いだ。男の人の濃い脂の匂いがした。ほんの少し居酒屋の揚げ物の匂いもする。

奥田さんはぴくりともしなかった。毎晩、この人はこんな顔で寝ているのか。

昨日、植物図鑑でアマリリスを調べた。ラッパみたいな大ぶりの花だった。ピンクや赤紫の南国風のけばけばしい色をしていた。球根には毒もあるらしい。純粋な少女のイメージとは程遠かった。それに、さやちゃんの歌の歌詞をよく聴くと、アマリリスとは花のことではなくオルゴールの曲をさしているようだった。

それでも、あの二人にとってアマリリスは白く清らかな花なのだろう。ありはしないものを二人は信じられたのだ。

「奥田さん」と呟いた。

奥田さんは一瞬、鼾を止め、少し間をあけてごろりと寝がえりをうった。

目をとじる。ただの暗闇しかなかった。何も忍び寄ってくる気配はない。

もう、眠くはなかった。

すっきりと冴《さ》えわたった頭で私は起きあがった。床に散らばった下着を身につけ、ワンピースを頭から被《かぶ》って、髪を手ぐしで直した。その間も規則正しい鼾は続いていた。

有線が小さく流れる明るい廊下にでる。絨毯《じゅうたん》が足音を吸い取っていく。

エレベーターの中で部屋にカーディガンを忘れたことに気がついたが、戻らなかった。

パネルの明かりがほとんど消えたフロントを抜け、外にでる。湿気を含んだ夜風がむきだしの腕を撫でた。蒸れたアスファルトの匂いがたちこめる。

ふり返ると、夜闇に浮かびあがるホテルはお城のように見えた。ピンクとブルーのネオンを瞬《またた》かせながらぽつんとたっていた。

奥田さんは大きなベッドでまだ気持ちよく眠っていることだろう。

「もう、いいや」

小さく呟いて、大きく頷く。

私は特別じゃない。強く信じられる何かもきっと、まだ、ない。それで、充分だ。

歩きだした私の足元で丸い銀が光った。一円玉だった。月の光できらきらと輝いている。拾ってポケットに突っ込む。アルミの柔らかい感触に笑いがもれる。

夜空を見上げると、たくさんの星が銀色に光っていた。

さやちゃんのうたう「アマリリス」が聴こえたような気がした。高らかに。

あとがき

小さい頃、好きだったのは闇や泥のでてくる物語だった。泥にずぶずぶ沈む豚や、暗闇にひそむ怪物の絵本を好んだ。中でも『花さき山』は大好きで、何度も母に読んでもらった。

『花さき山』の暗闇に咲く花のイメージが好きだった。山姥《やまんば》は怖くなかった。泥と闇は永遠にとろりと存在し、話を聞いているとその中に包まれている気分になった。その流れで民話や日本昔話を好きになった。

反面、西洋童話にはうまく馴染《なじ》めなかった。お姫様や王子様やお城と言われても想像しにくかったし、悪者退治のやり方は恐ろしい根絶の匂いに溢《あふ》れていた。恋を知らなかったので人魚姫の苦しみはわからなかったし、生真面目なところがあったので、言いつけを守らなかった赤ずきんの災難は自業自得な気がした。そして、生真面目なわりに天邪鬼だったので、教訓めいた話に反発を覚えた。読む度、ちくちくしたものが残った。

ところが大きくなっていくと、人類の歴史の方がさらに残酷で理不尽だと知り、自分にも嫉妬《しっと》や憎しみがあることを実感した。人はずっとあたたかい闇にもぐっていることはできない。私は大人になってやっと童話の住人になれたのである。西洋童話に描かれているることは、おこりうることなのだと思った。悪意も、優しさも、美しさも、醜さも。ただ、西洋童話はあまりにも遠い世界の香りが強いせいか、どこか他人事《ひとごと》で、安心して読めてしまうところがあって、それではぬるいと感じた。また、現代に生きる人の感覚や価値観とも多少ずれがあるような気がした。だから、現代の個人レベルで描いてみたいと思った。話の筋は大体そのままで、既存のモチーフを鏤《ちりば》めて、その中で血や肉を持った西洋童話の登場人物がどう感じたかを描きたかった。

どの物語を選ぶかにあたっては、普遍的なものになるようにあえて編集者の方々にお任せした。使うモチーフも指定してもらい、ひとつ書きあげるまで次の物語が何かは秘密にしてもらっていた。予想しないものに向き合ってみたかったのだ。

彼らは見事なくらい、毎回、私の大嫌いな物語を選んでくれた。嫌いと感じるということは、直視したくない何かがあるということだ。その何かから目を逸らさないことで、私なりの解釈が生まれていった。

本当に幸せになれたのは誰か？　小さい頃からの疑問だった。胸にささったかけらのように。その答えをひとつひとつ見つけていけたと思う。

二〇一〇年七月　千早　茜

解説

榎本正樹

二〇〇八年に「魚」で第二十一回小説すばる新人賞を受賞後、改題ののち、千早茜のデビュー作『魚神《いおがみ》』（集英社、09・1）は刊行される。二〇〇九年、同作によって第三十七回泉鏡花《いずみきようか》文学賞を受賞した千早は、ダブル受賞という輝かしい栄冠を手にして、作家生活をスタートさせることになる。

かつて一大遊廓《ゆうかく》として栄えた陽炎《かげろう》島の滅亡に関わったとされる雷魚の伝説が今に伝わる遊女屋街のある島。この島で棄《す》てられ、定食屋の婆に育てられた主人公白亜《はくあ》と弟のスケキヨの数奇な運命を描いた『魚神』は、説話的な趣に満ちている。江戸の吉原《よしわら》遊廓を彷彿《ほうふつ》とさせる花街のある島を、千早は耽美と退廃が入り交じる完結した世界として造形してみせた。伝説に予言された運命へと突き進むその状況こそが、いままさに生まれようとする新たな物語として伝説化されていく。『魚神』は、「終わりと始まり」の原初的風景を謳《うた》いあげた創世神話であり、裏のネットワークに支配された島の共同体小説であり、情緒あふれる和風ファンタジーであり、時空を超えた姉弟の愛の物語である。

『魚神』を刊行した千早は、「凍りついた眼」（「小説すばる」09・8）を皮切りに五編の短編を発表する。その後、書き下ろしの二編を加えてまとめられたのが、『おとぎのかけら 新釈西洋童話集』（集英社、10・8）である。編集者から示された西洋童話を元に、千早自身の解釈を加えながら、現代版大人の童話集を自在に編みあげていく趣向が、いっぷう変わった連作短編集を誕生させることになった。

各短編で参照されている西洋童話は、グリム童話（「ヘンゼルとグレーテル」「白雪姫」「いばら姫」）とアンデルセン童話（「みにくいアヒルの子」「マッチ売りの少女」）である。「シンデレラ」と「ハーメルンの笛吹き男」は、グリム兄弟を含む複数の作者によって採録され、作品化されている。

神話や伝承、説話、童話は、物語原型（話型）の宝庫である。どのような複雑な構造を備えた物語であっても、人物設定やストーリー展開には一定のパターンがあり、それらを分析、分類することで、物語の構成要素を抽出することができる。物語論《ナラトロジー》や構造主義の出発点となった古典的名著に、ロシアの民俗学者ウラジーミル・プロップの『昔話の形態学』（一九二八年）がある。プロップは、ロシアの民俗学者アレクサンドル・アファナーシェフが採録したロシア民話（魔法昔話）を多面的に分析し、登場人物の行為を、「留守」「禁止」「違反」「探り出し」「情報漏洩《ろうえい》」「謀略」「幇助《ほうじょ》」「加害」「欠如」「仲介」「対抗開始」「出立」など、三十一の「機能」に分類した。これら「機能」の組み合わせによって、あらゆる物語の展開を説明できるとした。さらに行動領域の分類から、登場人物のカテゴリーを「敵対者（加害者）」「贈与者（補給者）」「助手」「王女（探し求められる人物）とその父」「派遣者」「主人公」「ニセ主人公」の七つにまとめた。プロップの業績は、物語を構成する最小限の要素を可視化したことであり、基本的にはあらゆる物語に適用可能な類型論を生みだしたことにある。

千早茜は、物語の話型に意識的な作家であるように思える。それは、時に幻想性や説話的な衣をまとう千早の小説世界の、外装上の仕掛けのみを根拠にするものではない。『魚神』から本稿執筆時の最新作『あとかた』（新潮社、13・6）に到るまで、千早の小説世界に通底するのは、物語の遺伝子たる話型への関心である。『おとぎのかけら 新釈西洋童話集』で試みられているのは、ヨーロッパの土着の風俗や文化が投影された西洋童話の話型の検証作業であり、その話型を現代日本の風景に移し替え、新しい物語へと昇華させる斬新な翻訳作業である。

母親にネグレクトされた兄妹が家を出て、金髪の女の口車に乗せられ、児童売春へと促されていく。暴力を振るう母親と、子供に対して性的な欲望をもつ男を処罰する無垢《むく》で残酷な兄妹を描いた「迷子のきまり」は、大人と子供の対立の構図を明らかにする。参照童話の「ヘンゼルとグレーテル」は、飢饉《ききん》のために口減らしをしなければならなくなったきこりの夫婦が、森の奥に兄妹を遺棄する話である。この童話の背景にある経済問題を、千早は巧みな形で移し替えている。

金髪の女がファミレスで提供する食事や、マンションの部屋で男が兄妹に与える「真っ白な二段ケーキ」「キラキラした包み紙のお菓子」は、おぞましき性の収奪の代価である。優香《ゆうか》が「贈与者」である金髪の女からもらう「赤いビーズの腕輪」は、プロップが定義するところの「呪具」に相当する。二人の「被害者型の主人公」が大人たちによって与えられた「加害」を智慧《ちえ》によってくぐり抜け、「敵対者」である男と対決し「勝利」する。まさにプロップの「機能」の展開そのままに物語は進行していく。「ぼくらはかわいそうな子どもなんだ」という名目の下、自走する兄妹の姿がなんとも恐ろしく、悲しい。

「鵺《ぬえ》の森」は、「みにくいアヒルの子」におけるいじめの構造に着目して書かれた作品である。主人公は、小学校時代のクラスのいじめ対象者であった翔也《しょうや》によって追いつめられていく。物語の中心にあるのが鵺のイメージだ。森に入り「完全なる異端」であり、究極的な美の形象である鵺と出会った翔也は、自身の負の「標《しるし》づけ」から自由になる。「鵺の森」は「被害者型の主人公」である翔也を、「敵対者」である堤《つつみ》の視点から描いた作品とも読める。処罰されるべきは、主人公を装った「ニセ主人公」たる堤なのだ。

若き主人公の美しさに嫉妬《しっと》する美智子《みちこ》、主人公に奉仕する七人の男たち、リンゴの毒ならぬ赤い絵の具に含まれた有害物質カドミウムなど、「カドミウム・レッド」は「白雪姫」のストーリー展開とアイテムが順当に配置された作品であるように見える。しかし、この作品には決定的な欠落がある。それは、白雪姫を見いだし、彼女を幸せへと導き、継母《ままはは》への復讐を実現させる王子である。王子に近い存在をあえて指摘するならば、美智子の夫である叔父ということになろうが、彼さえも美智子を慕う交換可能な七人の男たちの中に溶かしこまれてしまっている。

「キャンバスは描く人の心を映す鏡」であると考え、鏡に映した自画像の制作に注力する美智子に主人公は反発する。そして、叔父が描く主人公の肖像画に嫉妬する美智子こそが、「幻影」に取り憑《つ》かれていると喝破する。かくして「白雪姫」は、義理の娘の幻影に惑わされた継母の悲劇の物語として読み直される。冷徹な生き方を貫く主人公は、清らかで美しい白雪姫とは真逆の存在のように見える。白雪姫は自分の美に対して、無自覚、無関心を装っている。そのような白雪姫の態度が、七人の小人たちを魅了し、王子の求愛をもたらす。不遜《ふそん》で傲慢《ごうまん》な主人公の態度は、美に対して無関心を装うことで、自分の美しさを最大有効活用した白雪姫に重なりあうのである。

グリム童話では「灰かぶり」として知られる「シンデレラ」もまた、プロップの「機能」の分類に従えば、継母や義姉たちのいじめによって「加害」を受けた「被害者型の主人公」が、豆を選り分ける「難題」を解決し、「変身」を遂げる能力を与えられ、舞踏会で「標づけ」が行われ、姉たちの「不当な要求」を退けた後、靴の履き主として「発見・認知」され、「不幸・欠如の解消」がなされ、王子と「結婚」に到るプロセスを踏んでいる。

「金の指輪」は、シンデレラを見いだす王子の側、すなわち「探索者型の主人公」の視点に立った探求譚《たん》である。大財閥の長男の愛人の息子として育った主人公が、「小さな金色の指輪」を残して去った女性の行方《ゆくえ》を探し求める。細い径の指輪は、誰の指にも入らない。主人公が心惹《ひ》かれる、「節々のごつごつした日に焼けた手」をもつ家政婦の笹《ささ》原《はら》の指にも嵌まらない。「現実の匂いと確かな感触」をもった家事従事者という点で、笹原とシンデレラのポジションは重なるが、彼女はシンデレラのような幸せを摑《つか》むことができるのであろうか。本人認証アイテムとして、靴ではなくトゥリングとしたところが、現代的な翻案といえるだろう。

続く「凍りついた眼」は、死の影に覆われた少女の眼の記憶にとらわれた男をめぐる顚末《てんまつ》を描く。父親の言いつけで大晦日《おおみそか》の街角に立ち、マッチを売るいたいけな少女は、本作において男に体を売り、年季明けをマッチの残り本数で数える虐げられた少女へと変換される。変態的な客の要望を受け容れる少女の部屋を納戸から覗《のぞ》き見ることで、主人公は陶酔感を得る。見る／見られるという視線の交錯にエロティシズムは潜む。そしてエロティシズムはタナトスと直結している。視線の欲望装置と化し、少女消費に加担した主人公にもたらされる衝撃的な結末を見届けてほしい。

十三世紀末にドイツのハーメルンで起こった史実が元となった「ハーメルンの笛吹き男」は、謎めいた物語内容が芸術家やクリエイターの想像力をかき立て、多くの派生作品を生みだしてきた。ネズミ駆除を依頼され、達成した男に約束の報酬が支払われなかったため、百三十人の子供たちが街から連れ去られるプロセスをどのように描くか。街の人々の裏切りに対する男の報復こそが、翻案の際の重要なポイントになる。「白梅虫」では、ネズミ駆除を依頼するハーメルンの街の人々が主人公の「俺」に、笛吹き男がカフェで働くミステリアスな夕《ゆう》に、笛吹き男に連れ去られる子供たちが「俺」の恋人の美樹《みき》に、それぞれ割り当てられている。その他、街に発生した大量のネズミが紅梅の盆栽に取りついた害虫に、笛吹き男の笛が虫除けの鈴というふうに、「ハーメルンの笛吹き男」を構成する主要要素が反映されている。モダンホラー風の震撼《しんかん》すべき結末は、童話が本来、残酷性を帯びたジャンルであったことを改めて気づかせてくれる。

「運命を見とおすかしこい女の人」の予言通りに、百年の深い眠りに入った姫を救うのは、いばらのやぶに覆われた城に死を厭《いと》わずに入城した勇気ある王子であった。グリム童話「いばら姫」は、「探索者型の主人公」が「難題」を乗り越えて姫を救い「結婚」に到るという、典型的な姫救出物語のパターンを踏んでいる。

「アマリリス」で、一日の多くを眠って過ごす八十三歳の北原《きたはら》さやの前に現れるおじいさんこそが、王子に相当するしげちゃんであった。しげちゃんは混濁した記憶の内をさまようさやを、この世のリアリティへと呼び戻す。ここで千早が、「いばら姫」にはない「果たされなかった約束の実現」という新たな要素を物語に注入している点に注目すべきだろう。しげちゃんを信じてひたすら待ち続けた祖母に誘われるように、真由《まゆ》もまた行き場のない恋から自分を救いだしてくれる王子であるかもしれない奥田《おくだ》に望みを託す。「いばら姫」に描かれたようなロマンチックラブ・イデオロギーに与《くみ》することもせず、何かを強く信じて待ち続ける祖母のような境地にも到らない真由が、「いばら姫」における姫と王子の性役割《ジェンダー・ロール》を鮮やかに反転させるラストに、千早の批評眼の鋭さが光っている。

・参考文献
ウラジーミル・プロップ／北岡誠司《きたおかせいじ》、福田美智代《ふくだみちよ》訳『昔話の形態学』（書肆風の薔薇、87・8）
ヤーコップ・グリム、ヴィルヘルム・グリム／野村泫《のむらひろし》訳『完訳グリム童話集』全七巻（ちくま文庫、05・12〜06・6）
アンデルセン／矢崎源九郎《やざきげんくろう》訳『マッチ売りの少女』（新潮文庫、67・12）

この作品は二〇一〇年八月、集英社より刊行されました。

初出

迷子のきまり　小説すばる二〇〇九年十二月号
（「帰らない子ども」改題）

鵺《ぬえ》の森　小説すばる二〇一〇年四月号

カドミウム・レッド　小説すばる二〇一〇年二月号

金の指輪　小説すばる二〇〇九年一〇月号
（「ゆがんだ指輪」改題）

凍りついた眼　小説すばる二〇〇九年八月号

白梅虫　単行本書き下ろし

アマリリス　単行本書き下ろし

千早茜の本

魚神《いおがみ》

閉ざされた島で暮らす美貌の姉弟。成長し、姉の白亜は遊女に、弟スケキヨは薬売りとなる。互いを求める想いが島の雷魚伝説と交錯し……。小説すばる新人賞、泉鏡花文学賞W受賞作。

集英社文庫

集英社文庫

おとぎのかけら　新釈西洋童話集《しんしゃくせいようどうわしゅう》

2013年8月25日　第1刷
2023年10月11日　第4刷

定価はカバーに表示してあります。

著　者　千早《ちはや》　茜《あかね》

発行者　樋口尚也

発行所　株式会社　集英社
東京都千代田区一ツ橋2-5-10　〒101-8050
電話　【編集部】03-3230-6095
【読者係】03-3230-6080
【販売部】03-3230-6393（書店専用）

印　刷　TOPPAN株式会社

製　本　TOPPAN株式会社

フォーマットデザイン　アリヤマデザインストア　　マークデザイン　居山浩二

ISBN978-4-08-745104-7 C0193